たくさんの例歌で
わかりやすい!!

今からはじめる短歌入門

沖ななも
Oki Nanamo

飯塚書店

◆はじめに

人生、長く見積もっても、たかだか百年。どんなにがんばっても有限なのです。

その有限の時間の中で私たちはいったい何を残せるでしょうか。多くの人は歴史に登場することはないでしょう。しかし、やはり自分の生きていた証《あか》しを何かのかたちで残したい、と思うのは人情です。

少なくとも、自分の生きてきたという実感は持ちたい。掌《てのひら》からなにもかもこぼさず生きていくということはむずかしいですが、ここに生きていたというなにかを摑《つか》みたい。

歌は、人間より長く生きることは確かです。まずは子孫の中で、友人の中で作者がいなくなった後でも生き続けることがあります。うまくすると、ひょっとすると、もっと広いところで、生きつづけるかもしれない。そんな野望があってもいいのです。

自分の生んだ短歌という子どもが、思いがけない成長をすることもあります。生み出すということ、作り出すということは、それだけでも楽しみなのです。自分一人で作るものではありません。何ものかが作らせてくれるのです。そうした未知なる可能性を自分の中に発見してほしいのです。

表現は人間のみに与えられた可能性です。本能といってもいいと思うのです。おおいに自分を表現し、自分を高めていくべきでしょう。

目次

第四章 技をみがいてレベルアップ

第五章 テーマを詠む 【114】

第六章 表現の形 【176】

第二部 読む 鑑賞編

第一部

詠む

実作編

第一章 なぜ歌を作るのか

◉日常のひとコマに意味をつける

歌は表現です。表現とは、自分で感じたこと、思ったことを述べることです。そして表現とは、必ず他者（読者）に向かって何かを投げかけることでもあります。相手に投げかけることによって、相手の中に、言うに言われぬ波動をおこさせる、そこが魅力なのです。自分自身に語りかけるつもりで作ったとしても、やはり誰かに投げかけているのです。

表現はけっして孤独ではありません。作っているときは一人でも、相手を想定しているからです。作ったものを発表したとします。多くは活字になって遠くへ飛んで行きます。そして誰かの胸の中に落ちる。返答があるとはかぎりませんが、どこかで誰かが自分のメッセージを受け取ってくれるかもしれない。そしてその人が一時《いっとき》でも楽しい気持ちや、豊かな心になったり、慰められたりしてくれたら、ステキだとは思いませんか。

また、自分自身にとっても、効用があります。

まず、記録になるということです。それは、写真のようにその場面を記録するばかりではありません。また出来事を記録する日記でもありません。そのときの感動や心情、心に起こった波のようなものを記録するのです。いわば「情《こころ》」の記録です。その歌を何年かたって読み直したとき、背景が鮮明に思い出されることがあります。ですから、具体的に何がどうした、ということを言う必要はないわけです、そこが散文と違うところです。

私自身の作歌動機をすこし説明してみます。


自己主張持たざる波が人間のズックをぬらしひきかえしゆく　『天の穴』

たとえば、これは沖縄に行ったときに作った歌です。波は、ズックを濡らしてやろうなどというつもりはありません。人間であろうとなんであろうと、ただそこにあるものを濡らしてしまう。そういう自然というものを感じて作ったのです。

作者である私は沖縄の青い海を思い出せますが、読者にはそのときの細かい情景はわからなくてもいいのです。でも、ひそかに自分では、海の色から空の色、そのときの気持ちなどを、次々に思い出すことができます。これは作者の秘《ひそ》かな楽しみです。一つの歌をめぐり、作者と読者の楽しみが別であってもいいのではないでしょうか。

むずかしいところを詠《よ》む必要はありません。単純でいいのです。そこに何か、何か情のようなもの、心のようなものが出ていれば、いいのです。それが案外、むずかしいのですが、とにかく、はじめからむずかしいところを考えないで、素直に作ってみてください。

◎どういう場面を切り取るか

歌の材料は身の周りにたくさんあります。花の好きな人は、今日はスミレが咲いた、菊が咲いた、あんなに世話をしていたのに枯れた。猫の好きな人なら、猫が塀の上を悠々と歩いているとか、疲れて外出から帰ったら玄関へ迎えに出てきたとか。旅に出たら空がとっても青かったとか、子どもが生まれたとか、なんでも歌の材料になります。

たとえば次のような歌があります。なんだ、こんなのでいいのか、と思われるでしょう。


この椅子をわたしが立つとそのあとへゆっくり空がかぶさってくる　『衣裳哲学』

公園のベンチに座っていました。しばらくして帰ろうとして立ち上がり、ふと振り返ると空《あ》いたベンチがあります。誰も座っていないベンチです。でも、なんだか空《そら》がかぶさってくるように思えたのです。空いてるということは、人間が座っていないということであって、人間じゃないほかのもの、つまりここでは空ですが、他のものが占領している、と感じたのです。なにもないこと、空《くう》なんて、本当はないんじゃないかって。特別なことじゃない、ありふれた日常のひとコマに意味をつけるのはあなた自身なのです。

◎きっかけを逃がさない

整黙と並ぶいちごの種子のさま畏《おそ》れそののち食いてしまえり　『ふたりごころ』

実《み》と思われている赤いところは、※花托《かたく》の肥大したもの、その表面についているポツポツしたものが実で、乾性瘦果《かんせいそうか》というのだそうです。乾いていて瘦《や》せていますから蒔《ま》いても芽は出ません。一応、あれを種子と言いました。整然と並んでいます。

神の創り出したものはなんとすばらしいのだろうと、感心しているのです。神の力を畏れはしたものの、しかし、やっぱり大好きな苺《いちご》、次の瞬間には口の中へ。

単純な歌です。苺を食べようとした瞬間に心が動いた、それが大事です。神ってすごいなと思った、あるいはそう思っているくせに平気で食べてしまう自分、どの部分に心が動いたとしてもかまいませんが、ちょっと客観的に物が見えた瞬間です。何も感じないで素通りしたのではない、ちょっと立ち止まったところ、それが歌になるきっかけになります。その瞬間を逃がさず作るのです。

※花弁、めしべなどをつけるところ。花床ともいう。

白桃を分ち食べたる母とわれに一つの種子が残されるなり　『機知の足首』

桃が一つしかなかったのでしょう。分けあって食べた後、大きな種子が皿に残った。ただそれだけですが、連帯感のようなものを感じたのです。それぞれのお腹に入ったのに、もとは一つだった、という。一つの大きな種子は共有のものだった。友人であっても同じことなのですが、やはり母であったことがきっかけになったと思います。

また、歌を作る効用として、自己発見の喜びがあります。案外、自分のことはわからないものですが、言葉にしてみて、歌に作ってみることによって、ああ、あのとき、こんなことを思っていたのか、などと後でわかったりします。思いがけず本心が出ているということもあるのです。ですから、本当のことを書くということは、あながち無駄ではないわけです。

本当のことを歌うということに価値があるのではなく、本当のことを詠《うた》うことで何かが見えてくる、そのことが重要なのです。表現するということは自分を見つめることに繋《つな》がります。

文学にはフィクションということがあります。実際に経験したことのないこと、見たことのないものでも、した、あった、と言ってもかまいません。

しかし、記録性や自己発見性からいえば、できるだけ本当のことを表したほうがいいでしょう。

とりあえずはそう思っていてください。その次の段階としてフィクションのことを考えましょう。

とにかく、心に浮かんだこと、感じたこと、いいなあと思ったこと、綺麗《きれい》だなと思ったこと、聞き逃さず、見逃さず、立ち止まったとき、それが詠うチャンスです。それらのことを五・七・五・七・七に乗せてみましょう。

空壜《あきびん》をかたっぱしから積みあげるおとこをみている口紅《べに》ひきながら　『衣裳哲学』

自分の作品を解説してしまってはおもしろくないのですが、経験談として、振り返ってみます。

窓の外でコーラの空き壜を車に積み込んでいる男が目に入りました。私は化粧をしていたのですが、ついつい逞《たくま》しい男性を見てしまうのです。

あとで、他の人から指摘されましたが、化粧をする女と力仕事をする男、という対比が多少エロティックなムードを醸《かも》しだしている、というのです。そうかもしれません。結果的にそうなったと思います。おそらく、自分の中にそうした感覚がそのときあったのでしょう。

この朝の寒のもどりに着ぶくれて母が小鳥に餌をまきやる　『ふたりごころ』

朝、母が小鳥に餌をやっている、それだけでしたら歌にしなかったかもしれません。寒のもどりというのは、すこし春らしくなってきたころ、油断していると、また急に寒さが戻ってくることをいいます。二、三日暖かかっただけに、よけい寒さが感じられ、あわてて一枚重ね着をする、その母のようすがおかしかったのです。

いかにも間に合わせに着ているという上着を着て、ちぢこまっているように見えました。そして小さな生き物と交歓する姿に、なにか暖かいものを感じたのです。日常の、どこにでもある風景だと思います。

歌われていることは思ったよりかんたんで、シンプルだと思いませんか。短歌というのは、すべてを言ってしまわない、少しのことを言って、読者がそのイメージをさらに膨《ふく》らませてくれるものなのです。全部言い切ってしまうと、「ああそうですか」ということになってしまうからなのです。

言葉で言っていることは小さいことでも、深く読んでいくと、少し違った意味がそこにふくまれていることがわかります。

◎見た目より大きい器

パンジーとチューリップ咲きパンジーの黄チューリップの黄と同化せず　『天の穴』

春になると一斉《いっせい》に花が咲きます。おなじ花壇に何種類かの花が咲いている。チューリップもパンジーも同じ黄色。その同じ黄色でありながら同じではない。チューリップの中にパンジーが混ざっていても、やはりどことなく違うのです。

歌の意味はそこまでです。すこし深読みしてみますと、人間だってそうだな、と思うのです。

似たような育ちや考え方、あるいは、似たような背格好の同級生が混ざっていてもそれぞれの個性や主張があるものです。ものには自己主張があって、けっしてみんな同じということはない、という。

人間がひと言で「黄色」と分類しても、実際には分類しきれないのが自然です。自然のありようは人為を超えている、と感じたのです。あんな小さな可憐《かれん》な花でさえ、人間の手に支配されることはないのです。この草花の前で、むしろ小さな人間というものを考えました。

そこを読んでもらえれば作者としては成功なのですが。

言葉で表現した以上の内容がふくまれる、ふくむことができるのも短歌形式だからです。三十一音という短い詩型でも、思ったより多くの内容を伝えられることができるということは覚えておいてほしいと思います。

◉とにかく作る

◎素直に作る

とにかく作ってみましょう。むずかしく考えず、思ったことを素直に発信してみる、ということが大事です。そして、できるだけたくさん作りましょう。とにかく作りましょう、理屈ではないのです。思ったことを五・七・五・七・七にしてみる、それが第一歩です。人の歌を読むのは勉強にはなりますが、すぐにまねするのは危険です。自分の個性が失われてしまうおそれもあるからです。

とりあえずは、人まねでなく、自分の言いたいことを率直に言ってみましょう。こんなことは歌にならないのではないか、花鳥風月でなければいけないなどと思わず、自分の感じたままを素直に言葉にしてみてください。初心のうちこそ、新鮮な歌ができるのです。

二、三年のキャリアの人より、初めての人のほうが思いがけなくおもしろい作品ができることがあります。それは何ものにもとらわれない自由な発想をしているからです。さあ、思い切って自由に作ってみてください。

◎プライドを捨てる

とにかく作る、ということに、もっとも障害になるのがプライドです。とくに中年になってからはじめる人は、社会的なキャリアがありますから、初心に返るのはなかなかむずかしいのです。しかし、今、短歌をはじめることと、社会的キャリアは関係ありません。一流会社の社長でも、高校生でも同じスタートラインです。そのことを肝《きも》に銘《めい》じてください。

とはいえ、よくしたもので、歌はその人の人生が丸ごと表れます。ですから、人生経験の少ない高校生よりは、キャリアのある中高年のほうが有利だともいえるのです。

内容的に言えば有利なのですから、技術的に未熟でも、人生経験の豊富な人ならば、必ずいい歌ができるようになります。肝心なのは、それまで辛抱して技術を磨く訓練に耐えられるかどうかです。

表現は、人間の心の底のほうから発するつぶやきだったり、叫びだったり、メッセージだったりするのです。社会的な身分を脱いだところからの発信です。表現は、自分自身を見つめることでもあるのですから。

しばしば、仲間内で、あの人は才能があるとかないとか、話題になることがありますが、実はたいした差はないのです。たいせつなのは、続けるという才能、正しい批評を素直に聞ける才能ぐらいです。

ひたすら作る、めげずに作る、迷いながら作る、悩みながら作る、消しては書く、転んだら起きる、それしかありません。楽してうまくなる才能なんてありません。

◎見るのはタダ

ちりちりと岩を這《は》うありとびはねてしぶきとなるあり滝のおもては
『ふたりごころ』

たとえば滝。どっと水がひとかたまりに落ちてくるように思っていましたが、よくよく見ていると、勢いに乗れずに岩を伝わって落ちてくるのもあります。それも岩のごつごつした所を這うので、真っ直ぐには落ちてきません。ちりちりと縮《ちぢ》れたような流れ方なのです。一方、滝にそって飛沫《しぶき》が上がっています。流れをおおうように飛沫のまま落ちてくるものもあります。

滝の本体をひと言も言っていません。しかし、乗り遅れの水や飛沫を言うことで、本体の勢いがわかるのではないかと思っています。

一つずつ失いゆけば失うもの多く持ちいしことにおどろく
『機知の足首』

幸せなときには、幸せだとは感じないものです。何かがなくなったとき、初めて自分は今まで持っていたのだと気づくのです。

たとえば恋人。恋人がいて楽しいときは、それがあたりまえだと思っていますが、失ってみて初めて大事だったということがわかるのです。さまざまなものを失ってみて、いままで思っていた以上にたいせつなものをたくさん持っていたと気づいたという歌です。

観察は情景ばかりではなく、自分の内部の観察も必要です。自分を見つめる、これも観察でしょう。見るのはタダですから、じっくり見つめてください。

◎自分のものにする

先の先まで伸ばすことなくしぼみゆくことしおわりのからすうりの花

『木鼠浄土』


からすうりの花。夏の夕方、薄暗くなるころから咲きはじめます。白く細い、ちりちりとした花びらです。盛夏では思い切り咲いているのですが、秋口になると、どことなくはっきり開ききらないように思えます。そうすると、これで今年の花も終わりかな、と思うわけです。

花のようすをよく観察してください。物の状態がはっきり見えるのは比較するときです。季節の初めの咲き方と終わりごろの咲き方、あるいは夜と昼の違い、あるいは去年と今年の違い。たとえば一つの花を見ただけでは歌にならなかったものが、去年より色が濃いなとか、ちょっと小さいなとか、比べたときに歌になることもあります。すべては観察するところからはじまります。観察したことを、自分の言葉で書き表してみる、そこで初めて自分のものになります。

◎一つの素材をいろいろな角度から作ってみる

一つの情景について一首作ってしまったからといって、それで終わりではありません。さまざまな角度から見ることによって、自ずから見えてくるものがあります。一見した印象だけでは、他の人も同じようなことを思っていることが多いのです。独自の特色を出すためには、さらに深く見ることが必要です。

よく観察をして、デッサンをするような訓練をしていると、一つの対象をいくつもの角度で見ることができるようになります。同じ花を歌っても、あたりまえの角度か、新しい切り口か、というのは作品の価値を大きく左右します。

大きなテーマのとき、あるいは一つの素材でさまざまな角度から歌うとき、連作という方法があります。なんといっても三十一音ですから、一首に盛り込むのは限度があります。何首かに分けることで、一首ずつをすっきりさせることができます。

たとえばサッカーを何首かに分けて詠《うた》ったことがありますので、挙げてみます。

爪先ゆ蹴りだす鞠の弾みゆき逃亡者のごとライン越えたり
見らるるを怯むかはたとたじろぐかボール迷いてネットへ行かず
転がされ蹴られ抛られ弾かれて恍惚のときをひかりぬ球は
天の糸にあやつられ男はひた走る右にひだりに球に向かいて
観衆の眼を一点に引き寄せて球はネットの中へ飛び込む

『三つ栗』

一首目、「爪先ゆ」の「ゆ」は文語で「〜から」という意味です。「爪先から蹴り出す」ということです。どこにもサッカーとは書いていませんが、爪先から蹴るとあるのでサッカーを予想していただけるかもしれません。しかし蹴鞠ということも考えられます。二首目にネットに行かないとあるので蹴鞠ではなさそう。転がったり、蹴られたり、弾かれたりなどとありますから、やはりサッカーに絞られるでしょうか。連作の時は、そのどれにも「サッカー」と入れると煩雑になるので省くのも方法です。しかしそのぶん一首の独立性を欠くというマイナス点も出てくるかもしれません。

◎釣れそうな魚は繋《つな》いでおく

電車に乗っているとき、街を歩いているとき、あるいは料理を作っているとき、掃除をしているとき、ふっと、歌いたいことが浮かぶことがあります。むしろ、机の前に座っても、そうは浮かんでこないもので、何か別のことをしているときのほうが浮かびやすいものです。

しかし、別のことをしているのですから、忙しい、後で、と思っていると忘れてしまうものです。寝る前になって、さあなんだったっけ、と思ってももう後の祭り、すっかり忘れてしまった、なんてことになります。

逃がした魚は大きい。魚を逃がしたくなければ繋《つな》いでおくべきです。すっかり釣り上げてしまわなくても、繋いでおきさえすれば、おちついた後でゆっくり釣ることはできます。

つまり、メモです。

断片でもいいからちょっとメモをしておく、初めから五・七・五・七・七になんか整っていなくてもかまいません。五・七だったり、七・七だったり、あるいは、それにさえなっていなくても、きっかけさえ捕まえておけば上出来というものです。台所や仕事場に、ちょっとしたメモ用紙と鉛筆を置いておいてください。

◎語彙《ごい》は財産

言葉はやはりたくさん知っていたほうがいいのです。

天寧寺の柘榴《ざくろ》はいたくすさめども実りは重くあなどりがたき　『機知の足首』

「いたく」は「とても」とか、「はなはだしく」という意味です。「とても」でも三音で同じですが、なんとなく散文的になります。日常語だからです。歌は、日常語よりすこし緊張感がほしいのです。

砂浜に撃ちつ撃たれつ子の遊びあそびなれども撃ちあいやまぬ　『衣裳哲学』

「撃ちつ撃たれつ」は撃ったり撃たれたりという意味です。「行きつ戻りつ」などもよく使われます。門の前を行ったり戻ったり、迷っているときとか、誰か人を待っているような所在なさを表す言葉です。

音数にかぎりのある短歌ではこうした短く言う言葉は便利です。

また、多少古い言葉でも知っていると便利、という言葉があります。リズムを整えたいという場合、同じ意味でも言い方を変えることによって滑《なめ》らかになることもあります。

たとえば朝を表す言葉を挙げてみます。

「暁　早暁　未明　明け方　あけぼの　夜明け　しののめ　早朝　朝まだき」

微妙な違いを味わってみてください。そして音数なども考えてどの言葉がふさわしいかを絞り込んでいきます。

言葉は財産です。言葉を知っているということは、作歌のうえで有利であることにはまちがいないでしょう。しかし、知っているからといっても、あまりにむずかしすぎて読者にわからないようなものも困ります。

新聞や雑誌から新しい言葉を吸収するのはいいですが、まだ身についていない言葉はやはり浮いてしまいます。よく噛《か》みくだいてから使いましょう。

◎何を伝えるか

何を詠うかということが大事ですが、はじめはどうしても言いたいことがあふれて、何もかも一首に詰め込んでしまいがちです。その結果、何を言いたいのかわからなくなることがあります。歌は内容を伝えるだけではなく、情感や余韻や音、リズムをも楽しむものですから、すべてを言い切らないのもコツです。できるだけシンプルにして、リズムや言葉の音感を大事にしましょう。

愛などと呼べどもこの世にあらぬもの風船かずらの実のなかの空《くう》　『衣裳哲学』

風船かずらは一見、実が多くつまっているようですが、中は空気で、小さい種が入っているだけです。そのように、愛などと言っているものの実態なんてあるのか、というわけです。かなり虚無的なのですが、むろん逆説です。実態のともなった愛というものがあってほしい、と思っている、こうした逆説的方法も技法の一つなのです。

愛などない、と言うことによって、読者がそんなことはない、愛はあるよと言う。そうしたものを期待しているといってもいいでしょう。逆説とはそうした屈折した思いです。

白飯につきるとおもう飲食《おんじき》の喉もとくだるきわのうまみは　『機知の足首』

この歌の内容は、食べ物のなかで一番おいしいのは白飯だということだけです。いつ食べたご飯だとか、むろん魚沼産だとか言っているわけではありません。

ことがらだけを追いかけると、その内容を説明するだけで三十一音になってしまうことがあります。そういうとき、歌会などでは「報告的ですね」と言われてしまうのです。情況を説明しただけだからです。内容をたくさん盛り込まない。できるだけシンプルにすることがかえって心を伝えられるのです。

何を伝えるか。何がどうしたという出来事やことがらを伝えるのではないのです。そのことから何をどう感じたか、作者の視点、着眼、発想を感じてもらわなければならないのです。

◉作った歌を見直そう

一応、五・七・五・七・七にまとまったものを、これでいいかどうか見直します。これを推敲《すいこう》といいます。

◎文脈のずれはないか

亡夫《つま》植えし初採《ど》りイチゴ膳にのせ一人味わい過ぎし日偲《しの》ぶ

夫が植えたイチゴの、初めてなったのを採ってきて、お膳にのせて、味わって、夫を偲《しの》んだ、という歌です。

この歌の文脈はどうでしょう。亡き夫が植えたのは「イチゴ」です。「初採りイチゴ」ではありません。夫が植えたイチゴを初めて採った、ということですから、「初採り」の位置が悪いということになります。

さらに、お膳にのせて味わう、というのはどうでしょう。食卓にのせた、ということかもしれませんが、とにかく、味わったということがわかればいいのですから、膳にのせようが、皿にのせようが、どうでもいい。つまり、なくてもいい言葉だということです。

亡夫《つま》の植えしイチゴ初めて実りしを一人味わい過ぎし日偲ぶ

すこし整ってきました。

「植えし」、「実りし」、「過ぎし」というように、過去を表す言葉が重なっています。音《おん》としても、「し」が三つもあるのは整理したいところです。

夫が生前植えておいたイチゴを味わう、という情景だけで、すでに夫や、夫との暮しを偲んでいる、ということはわかります。この歌の全体で夫を偲んでいるということはわかるのです。

夫を偲ぶということはテーマですが、そのテーマを直接、言葉で言ってしまったら歌になりません。散文、あるいは説明です。ストレートに言わず、そのテーマをわからせるように全体をつくらなければいけません。

したがって、結句の「過ぎし日偲ぶ」は言わない。言わないで、そんなムードを全体から漂わせるのです。

「亡夫」に「つま」というルビがふってあります。「ルビ」とはふりがなのことです。「夫」は古い言葉では「つま」と読みますが、今では、あまりに古いので、「おっと」と現代語で読むことが多くなりました。

ここでは、夫だけでは亡くなっている人だということがわからないので「亡」をつけたのです。そこまではいいとして、それを「つま」と読ませることの是か非かという問題があります。

「娘」、「息子」と書いて、「こ」と読ませる、などもしばしば見られます。

なぜ、こういうことが起きるかというと、短歌は音数が決まっているために、短くする必要があるからです。このルビを悪いとは思いません。目と耳とで伝達するのが活字の表現ですから。しかし、できれば工夫して、「むすめ」、「むすこ」、「亡き夫」などというほうが歌の滑らかさに繋がることもあります。

亡き夫の植えしイチゴの実れるを初めて採りきて一人味わう

多少、すっきりしてきたでしょうか。すっきりすると、強調したいところが浮き上がってきます。ここでは「一人味わう」です。一緒に食べようと思っていたのに、夫が亡くなってしまったから一人で食べている。一人で食べるというさみしさを強調したいところです。実りのうれしさが反対にさみしさを誘います。

歌はすべてを言ってしまわないで、表現したいことがじんわりと滲《にじ》み出てくるように作るとよい歌になるものです。読者に押しつけてはいけません。感じてもらうことが大事です。イチゴを食べた、ということを報告するのではなく、一人で食べたときのさみしさを感じてもらう、ということです。

歌を作っていると、ことがらや、出来事をわからせようとしてしまいがちです。事実を報告するのではなく、そういう出来事に出あったときの心情を伝えるのです。ことがらを伝えるのではありません。そのときの気持ちをわかってもらうために、情況を最小限に説明するわけです。

もう一首例をあげてみましょう。

からからと音たてはしる十月の風は足元吹きすぐかれ葉

音たてではしるのは枯葉。このままですと「からからと音たてではしる十月の風」かなと思ってしまいます。

また、「十月の風は足元吹きすぐかれ葉」というのも文脈が繋がりません。たとえば、

十月の風は足元吹きすぎて枯葉からから音たてはしる

言葉を入れ替えただけです。三句目からはじまって、初句と二句を後ろのほうにもっていっただけで、これだけすっきりします。

一度、五・七・五・七・七の形になってしまうとなかなか崩せないものです。でも、相手（読者）がいることですから伝えなければなりません。

推敲というのは、一度作った歌でも、作者の立場から、読者の立場になって、もう一度考えてみるということでもあります。立場が違えば、見えてくるものも違ってくることがあります。

梅雨ばれに黒揚羽蝶《くろあげはちょう》たゆたいて切られし山椒を知らずさがせり

すでに切られてしまった山椒の木を黒揚羽蝶が探している、ということですが、「山椒を知らず」ではなく、「切られしを知らず」でしょう。切られてなくなっているのを知ら

ないのですから。下句「山椒の切られしを知らず捜せり」とかです。

故郷を人を恋いつついま父母《ふぼ》はともに長病む息子の住む街に

故郷や人を恋いながら父母は、そこまではわかります。

しかし、ともに長く病んでいる息子、つまり父母も息子も病気なのか、あるいは、息子の世話になって父母が病んでいるのか。つまり、四句で切れるのか、繋がるのかが不明です。また、息子の住んでいる街と言っているのですから、せっかく近くに居ながら息子とは別居しているのかどうか、さらに人を恋うというのですから、その息子も実はあまり近くに住んでいないということなのか、雰囲気は感じても細部がはっきりしません。

◎常套句を使っていないか

きょう開きし真白なる百合夕かぜに揺らぎてバースデーの宴にぎわう

「宴にぎわう」はどうでしょうか。ちょっとありきたりな表現です。宴はたいていにぎやかなものですから、「宴にぎわう」は常套句《じょうとうく》ということになるでしょう。これをたとえば、「宴彩《いろど》る」としただけでもずいぶん歌から受ける印象は違ってくると思います。

常套句がなぜいけないかというと、すでにある感情に訴えるからです。作者独自の感覚がここには出ていないからです。

もし、誰にでもある感情でよければ、わざわざ苦労して自分で作る必要はないのです。お店でパンを買ってくるようなものです。もっと自分の口にあったものにするためには粉を捏《こ》ねるところから自分でするわけです。

歌は、インスタントでもなければ、お料理屋の惣菜でもない。自分で一つひとつ、練り加減、茹《ゆ》で加減を確認し、味見をしながら作り上げていく料理のようなものです。

◎リズムはよいか

雨にぬれる電線の上すずめたち身を寄せ合うももの悲しけり

二句目、「電線の上」で切れています。音数としては七音でいいのですが、声に出して言ってみると、かえって不自然。意味としても、ここで切れてしまいます。「電線の上の」というように、「の」が入ったほうが自然です。

このように、指を折って数えてみればちょうどいい、けれど、声に出して読んでみるとすこしつまずく、ということがしばしばあります。そのときは声に出して滑《なめ》らかなほうがいいのです。

短歌は五・七・五・七・七、とはいいますが、全体の滑らかさ、リズムのよさ、そのほうが重要です。なぜなら、読者は指を折って読んだりしません。すらりと頭に入るほうをとるのです。

◎ 無駄はないか

消したきことの何あらむ香草の良き香を放つ消しゴムを買う

香草ですから、すでに良い香りであることは言ってあるわけです。したがって、「良き」はいらない言葉です。歌は短いのです、たった三十一音しかないのです。無駄を省くということはとても大事なことです。

◎ 人間関係のむずかしさ

三人の息子育てし兄嫁が女の孫生まれしと声はずませて

ここには人がたくさん出てきます。三人の息子、兄嫁、孫そして作者である自分です。

声はずませて作者に言っているわけですから。その関係がここでは案外すっきり整理されていて、わからなくはないと思います。しかし一般的に、たくさんの人物が入っていると煩雑になります。

姑の米寿祝えるこの日あり妻の半生労《いたわ》りて安堵す

「姑の米寿」というところまでは作者の姑だと思って読んでいきます。後半は妻の労を労《いたわ》っているのですから、この作者は男で、夫の立場、この姑は夫にとっての実母ということになるようです。この場合、「労る」のは作者ですから、「姑・母」のところも作者を中心にしなければなりません。あえて言うなら、「姑に仕えし妻」とすれば妻が主になりますから、姑でいいわけです。

短歌は一人称の文学といわれています。とくに指示がなければ、動作の主人公は「作者・自分」なのです。

また、事実を優先するあまり、夫の兄の嫁の母、なんていう複雑な関係を一首に歌い込もうとするのは至難の業です。※詞書《ことばが》きにするとか、フィクションにするとか（つまり友人知人にしてしまうとか）、なんらかの方法でシンプルにする必要があるでしょう。

※歌の前に、その歌が作られた背景や趣意を記したもの。

◎文法のまちがいはないか

○連体形と終止形

みどり子※の泣き声やまず窓のそと波うつように聞こゆ暑き夜

「泣き声やまず」の「ず」は打ち消しの助動詞の終止形でしょう。終止形ということはそこで文章が終わるということですから、二句目で切れることになります。そうすると、波うつように聞こえるのが何なのかが、わからなくなってしまいます。泣き声の止まない窓の外、というように続くとするなら、名詞につなげる連体形「泣き声やまざる」。結句の「聞こゆ」も同じく終止形です。「聞こえる夜」と続くなら、やはり連体形にならなければいけません。「聞こゆる暑き夜」になります。

連体形と終止形の混同はかなりひんぱんに見られます。

※緑児・嬰児とも書く。新芽のような子の意味から、生まれたばかりの子のことを表す言葉。

銀鱗のいわしフェリーにて運ばるるはまち養う餌とききけり

「運ばるる」と連体形ですと、はまちが運ばれることになります。しかし、はまちの餌のために鰯《いわし》が運ばれるのです。ここは終止形「運ばる」にして、一度切らなければなりません。こういう使い方をしてしまう理由は、作者の味方をすれば二つあるのです。

一つは音数、つまり、ここは五音でなければならない。「運ばる」では四音なので困ってしまった。それで、誤りと知りつつ使ってしまったということです。

もう一つは「運ばれる」という口語との混用です。これが、口語の歌なら何の問題もないのです。結句も口語にしてしまえばいいわけです。しかし、そうはいっても簡単にはできません。「聞いた」、「聞く」では音数がたりなくなるからです。たとえば「銀鱗のいわしフェリーにて運ばれぬはまち養う餌とききたり」ではどうでしょう。

音数で困って文法でまちがいをする、それでは風邪が治ったのに骨折したみたいで、やっぱり不都合です。

○未然形と已然形

我が逝《ゆ》けば障害の子の哭《な》かむぞと想いつつ今日も涙して臥《ふ》す

深刻な歌です。もし、自分が先に死ぬようなことがあったら、障害を持っている子はどんなに悲しむだろうか、いいえ、悲しいというより、子どもは生きることが困難になるかもしれない、だから「哭く」、慟哭《どうこく》というような強い言葉を使っているのですが、さて、「逝けば」です。

文語の場合、助詞の「ば」が已然形《いぜんけい》「逝け」につく場合、つまり「逝けば」は、「逝ったから」という意味です。すでにそうなってしまったことを指します。

この歌の場合、作者はまだ亡くなってはいません。もし死んでしまったら、という仮定の意味ですから、未然形「逝か」ついて「逝かば」とならなければなりません。

すでに起きていることと、これから起こること、まったく反対のことになりますから気をつけなければなりません。

○過去形と現在形

子を抱きし骸《むくろ》もありぬ兵われら八月七日の広島に入りし

これも深刻な歌ですが、過去を回顧して歌っています。したがって、過去形がたくさん使われています。「抱きし」、「入りし」すべて過去形です。しかし、「ありぬ」だけ現在完了形が使われています。「子を抱きし骸《むくろ》もありぬ」は過去の同じ時点です。ですからむしろ、その時点では抱いているので現在形にします。そして、子を抱いている骸もあった、ということで「子を抱ける骸もありき」となるでしょうか。

回想を歌うときは、現在と過去が入り組んで複雑になります。英語ですと、過去・大過去などとありますが、日本語ではどの程度の過去なのか、十年前なのか、さっきのことなのか曖昧《あいまい》なのです。

回想でなくても、日常でも時間が少しずつずれるということはあります。結婚するとき夫が買ってくれた指輪（大過去）、昨日失くした（近過去）と思ったら、今日見つかった（現在）、というような歌はいくらでもあります。

○「り」と「たり」の違い

助動詞の「り」と「たり」がまちがいやすいので説明しましょう。

助動詞「り」は単純に言うと四段活用動詞の已然形、サ変の未然形につきます。「たり」は動詞の連用形につきます。説明しても実感がわきませんから、実作例をあげます。


　　ばあばあとはしゃぎて孫はとびつけり満三歳の今日誕生日

「とびつく」は四段活用の動詞、「か、き、く、く、け、け」と変化します。「り」は已然形につきますから「とびつけ」に「り」がつくわけです。仮に、「たり」を繋げたければ、連用形につきますから「とびつき」「たり」になります。このへんは実作をしながら、自然に覚えていけばいいのです。秀歌を鑑賞しながら、なんとなく身についてくることもありますから、できるだけ秀歌を読みましょう。

◎現代語か文語か

前述の例歌に「夫」と書いて「つま」という言葉が出てきました。これを古語といいます。※「厨《くりや》」、「さ庭辺《にわべ》」、なども古い言葉でしょうか。こうした古い言葉が生きているのも短歌の特色です。古い言葉でも古くさいとはいえない、とても豊かな言葉があります。伝統のある言葉というのは豊かなものです。

しかしそうはいっても、私たちの生活はかなり西洋化しています。あまりに古いものはどこか違和感がのこります。

また、歌っている内容によっても、ふさわしいかどうかわかりません。言葉というものは、あくまでどう使われるかによって、生きるか死ぬか、決まるのです。

洋服と同じです。すてきなブラウスでも、合わせるスカートによってはやぼったくもなります。少々古いブラウスでも、スカーフや小物で個性的に見せることはできます。どうアレンジしていくかです。

原則として、一首のなかでは文語と口語が混ざっていないほうがいいでしょう。素材や発想、リズムなどによって、どちらかに決めたいところです。

ところが、現在はこれが混在しています。混在していて、それでも違和感がないという歌がたくさんあります。むしろ混ざっていた方が自然な感じを与えるということもあります。たとえば、

やぶこうじ、からたちばなの赤い実が鳥に食われてみたいと言えり『天の穴』

「鳥に食われてみたい」という部分は口語です。しかし、「言えり」は文語。混ざっていることになります。原則的には混ざっていないほうがいいのです。しかし、時として混ざったことが効果をあげることがあります。

やぶこうじ、からたちばなの赤い実が鳥に食われてみたいと言った

「言えり」を口語にして、「言った」としてみました。感覚なので説明はしにくいのですが、同じ三音でも違いがわかると思います。

やぶこうじ、からたちばなの赤き実の鳥に食われてみたきと言えり

それではといって文語にしてみましたけれど、どうも締まりがありません。やはり、どうも古くさいイメージになります。それに、同じ音数ではありますが、どことなくリズムもよくないような感じもします。

結句、文の終わりの言い方は、断然、文語のほうが優れています。現代語はバリエーションが少ないのです。

文語には助動詞の変化があって、さまざまな場面に対応できる複雑な味わいがあるのです。

したがって、短歌ではいいとこ取りをしているのです。すくなくとも結句は文語のほうが落ちつきます。

混同しているという欠点はあるのですが、それをカバーするほどの利点もある、ということです。現代語の欠点をそうして補っているといってもいいでしょうか。

これやこの最後の熟睡《うまい》と思うまで身じろぎもせぬ茶髪壮漢《おのこ》は　『三つ栗』

電車の中でまったく起きる気配もなく眠り込んでいる茶髪の男性を詠ったものです。

文法とは別に古語といいますか、今ではあまり使われない古いことばを使うこともあります。「熟睡《うまい》」は、今で言えば「爆睡」でしょうか。必ずしも新しい言葉ではなくても、逆に古い言葉を使うことで、目新しさがでることもあるでしょう。

「漢」も、おとこという意味です。りっぱな男をイメージできるでしょうか。立派な大人なのに無防備に熟睡しているようす、現代の一齣を捉えてみました。

※料理をするところ、つまり台所のこと

第二章

定型でもその形はさまざま

定型、つまり五・七・五・七・七のことです。短歌はこれが基本です。初めの五音を「初句」次の七音を「二句」真ん中の五音を「三句」続く七音を「四句」そして最後の七音を「結句」と言います。上の五七五を上《かみ》の句、下の七七を下《しも》の句と言います。さらに五と七の組み合わせで五七調と七五調があります。短歌の成り立ちや経過も大きく関係があるのですが、一説には長歌の一番短いものが短歌になったともいいます。長歌というのは五七、五七、五七、五七、というようにずっと続いてきて、最後に七がついたものです。五七の連続ということですから、五七調というわけです。

また、別の経過があって、上の句、下の句、という言い方があります。かつて、連歌という形式がありました。五・七・五を最初の人が作り、その後に次の人が七・七をつける、それに関連した五・七・五をまた次の人が作るという、共同作業で一つの世界を作ろうという遊びです。最初の五・七・五を発句《ほっく》といいますが、それが独立したのが俳句だと言われています。

その連歌の感覚が今でも残っていて、上の句、下の句という言い方を頻繁《ひんぱん》にします。こちらは五・七・五で一度切れるので、七五調ということになります。

歌には初句切れ、二句切れ、三句切れ、四句切れ、とあって、どの句でも切ることはできます。できますが、現在は三句切れ、七五調が多いようです、それは、今述べたように、連歌の習慣からきたものでしょう。

実作の上ではあまり気にすることはないでしょう。どちらが良い、悪いということはありません。とにかく五・七・五・七・七というリズムに乗せて、滑《なめ》らかに歌えるようになることです。

では、実際に秀歌の鑑賞を兼ねて作品を見てみましょう。定型といって、形が決まっているのですから、みんな同じかと思いますが、作品を読んでみると、その形というものが多様なのに驚かれると思います。

まず文語の定型です。基本型といってもいいでしょう。

春の鳥　な鳴きそ鳴きそ　あかあかと　外《と》の面《も》の草に　日の入る夕

『桐の花』北原白秋

「な……そ」というのは、禁止です。鳴いてくれるな、鳴くな、ということ。「外」は、古くは「と」と読みました。「面」は「も」。ですから「水面」を「みなも」と読むこともあります。

便宜上、五・七・五・七・七のところに空白を入れて書いてみました。句切れと意味の切れ目があっています。したがって、たいへん滑らかです。

この歌は切れ目が二つあります。「春の鳥」の初句で切れます。春の鳥に語りかけているのです。「な鳴きそ鳴きそ」でまた切れます。一般的には、句切れはあまりないほうがいいのです。意味は切れないほうが滑らかだからです。でも、リズム感は句切れから生まれますから、句の切れ目は必要なのです。

この歌は文語調の定型の歌です。では、口語ではどうでしょうか。

私が　死んでしまえば　わたくしの　心の父は　どうなるのだろう

『こおろぎ』山崎方代※

おなじ定型といっても、印象がずいぶん違うと思います。あまり句切れを感じさせないところから、白秋の歌より散文的な感じがすると思います。しかし、これも定型です。

※やまざきほうだい　一九一四年（大正三年）～一九八五年（昭和六〇年）。歌人。山梨県生まれ。放浪自在に生きて、

特異な歌風の歌を詠んだ。歌集『方代』『右左口』。随筆集に『青じその花』がある。

◎意味の切れ目と句の切れ目

説明をするより例歌をあげたほうがわかりやすいでしょう。

箱書きを　してそくばくの　金得たり　亡き師よわれを　許させ給へ

箱書きをして　そくばくの　金得たり　亡き師よわれを許させ給へ

『含紅集』※吉野秀雄

本来の作品では一字空きはありません。便宜上このように空白を設けました。初めのほうは句の切れ目、後のほうは意味の切れ目で空けてあります。初句と二句目とを見てください。「箱書きをして」が初句だけでは収まらず二句のほうにまたがっています。これを「句またがり」と言います。

本来、句またがりはないほうがよいのですが、文芸というものはおもしろいもので、欠点を長所に変えることもできるのです。いけないことだからといって、みんながしない。だから、うまくすると特色になりえるというわけです。

一般的には三句が体言で切れて、結句がまた体言で止まるのはよくないとされています。なぜなら、短歌は一首のなかに切れ目がなく、滑らかに、微妙に言葉が繋がっていく、というのがいいのです。流れるような、滑《すべ》るような、滑《なめ》らかさが短歌の特色といってもいいのです。

それに対して俳句は、「切れ字」というものがあるくらいで、ぽきぽき切っていく、切ったところから飛躍をさせる、そのイメージの飛躍が俳句なのです。

形の上では五・七・五・七・七と五・七・五、兄弟のように似ていますが、機能の面では正反対といってもいいかと思います。

話はそれましたが、つまり、いけないということでも、時を得て、場を得てすれば、効果的な手法になり得るということを覚えておいてもいいでしょう。ただし、時を得て、場を得て、ですからそう頻繁には使えないことは当然です。

句またがりの効果とはなにか。

五・七・五・七・七の切れ目を句の切れ目とします。言葉には意味がありますから、意味でも切れ目があります。

一首の歌のなかに、句の切れ目と意味の切れ目がある。切れ目がリズムを作りますから、二つの大きなリズムがあるということになります。その二つのリズムが相乗作用で独特のリズムを生みだしたとき、効果があがったということになるのです。
複雑なリズムになるということでしょうか。

※よしのひでお　一九〇二年（明治三五年）〜一九六七年（昭和四二年）。歌人。群馬県生まれ。会津八一に私淑して歌の道に入る。歌集に『寒蟬集』『早梅集』。また、良寛を愛し、『良寛歌集』、『良寛和尚の人と歌』などを著した。

◎字あまり

五・七・五・七・七のうち、どこかで音数が多くなっているものを「字あまり」、反対にたりないのを「字たらず」といいます。

みの虫は袋を吊しゆられおるこの人生にはかのうまいぞい『迦葉』山崎方代

みの虫は　袋を吊し　ゆられおる　この人生には　かのうまいぞい

このように分けてみるとわかりやすいのですが、五・七・五・八・七になっています。つまり四句目が八音で字あまりというわけです。

しかし、こうして指摘されなければそのまま読み過ごしてしまうでしょう。八音であってもけっしてリズムが悪いとはいえないのです。

「じんせい」というような言葉は、読むとき、心もち短く読んでしまいます。日本人が、短歌として読むとき、ある一定の時間のなかで読もうとする習慣があるようです。

すでに一三〇〇年以上の伝統があるということは、日本人の体質として定着してしまっているのでしょう。普通の散文を読むときとは明らかに読み方に違いがあるようです。はじめから「そのつもり」で読んでいるのです。

したがって、「じん」とか、「せい」のような発音は多少は縮めることができるようなのです。というより、縮めて読んでしまうのです。

ここでおもしろいのは結句です。「かのうまいぞい」はかなわないだろうな、という意味で、「かなう」の音便ですが、その意味をいうのなら、「かのうまい」、あるいは「かのうまいぞ」だけでいいでしょう。

意味はそれでいいのですが、音数がたりない。「かのうまい」では五音です。結句が短いのは少し困る。途中ならなんとかなるのですが、結句はやはり七音が落ち着きます。

そこで「ぞい」がついた。「かのうまい」では誰でも使う言葉です。しかし、「ぞい」などというのは私たちには使えません。ある時代から前の、ある年齢の、そしていくらか田舎の、ひたすら農作業をしてきたような人の言葉ではないでしょうか。そういう言葉が、ここでは味わいになってたいへん効果をあげています。高飛車《たかびしゃ》な物言いではなく、庶民の感覚、おじいさんのような親しみを出しています。

ですから、ここでは字たらずを補うような二音が、たんなるつけたしではなく、効果的に機能している例です。

◎字たらず

げに星夜ヒマラヤシーダに触れてゐる糠星《ぬかぼし》いくたびかスパークせり
『薔薇窓』葛原妙子※

この歌は五・八・五・九・六音、結句が六音で。字たらず、というわけです。

結句はできれば七音に収めたほうがいいと、さきほど述べました。ですが、「けり」とか「かも」とかをつけて音数を整えるよりは、潔《いさぎよ》く字たらずにしたほうがいい、というときもあります。

また、この作品のように、かえって少し音がたりないほうが、緊張感、切迫感がでるという場合もあります。

やはり、言葉はどういうときに、どういう場所に置かれたかが大事であって、それぞれの言葉がどのように繋がっているかというほうが重要です。

同じ作者に次のような歌があります。

晩夏光おとろえし夕　酢は立てり一本の壜《びん》の中にて　『葡萄木立』葛原妙子

五・七・五・五・七です。これも四句目が字たらずです。しかし、読んでいて違和感はないと思います。通常のリズムではないかもしれませんが、別の快いリズムがあるからです。

字あまり、字たらず、どちらが多いかというと、圧倒的に字あまりです。多少のオーバーは短歌形式が飲み込んでくれるのです。短歌形式というのは、案外、柔軟性のある形式だと思います。

※くずはらたえこ　一九〇七年（明治四〇年）～一九八五年（昭和六〇年）。歌人。東京生まれ。前衛短歌歌人として活躍する。「をがたま」創刊。歌集に『橙黄』『葡萄木立』『朱霊』。

◎指を折るより口に乗せる

定型は守らなければいけないもの、という観念がありますが、私はそうではないと思っています。定型は利用するもの、です。

ですから、五・七・五・七・七になにがなんでも押し込んでしまうのではなく、リズムを生むための句切れなのですから、その句切れをうまく使って滑らかさを出せばいいのです。初めて短歌を作ろうとするとき、必ず指を折って数えますが、いま見たように、字あまりでも字たらずでも、うまくリズムに乗っていればそれでいいということがおわかりいただけたと思います。指を折るより、口に乗せることが大事です。

逆に、せっかく五・七・五・七・七になっていてもリズムが悪いというものもあります。助詞を抜いたりして、無理して定型に押し込めようとしているからです。

定型は枠ではありません。内側からくる力によってある形になったとき、すっとまとまっていく、表面張力のように、もうすこし増えると溢《あふ》れてしまう、というぎりぎりのところに働く力なのです。無理をせず、滑らかなほうがいいのです。

歌を詠むときは指折り数えるのではなく、口に乗せる。何度も何度も声に出して読んでみる、ということをしてください。

◉定型は目玉焼き

卵焼きを作るとします。黄身と白身を混ぜてしまうので液体の状態になります。このままでは、フライパンに流し込んだとき、どこまでも広がっていき、フライパンの大きさになります。

一方、たとえばファミリーレストランでハンバーグを頼むと、型に流し込んだ目玉焼きがついてくることがあります。型に流し込んでいるので一定の型になります。

しかし、このどちらも卵のあのどろっとした力を利用してはいません。

たとえば目玉焼き。フライパンに卵を割って落とします。すると、卵の大きさと内側へ引っ張るような力が働いて、むやみに広がることはありません。すこしは不揃いですが、たくさん並べてみるとだいたい同じくらいの大きさ、だいたい丸に近い形になります。

これは白身が一つにまとまろうとする、求心的な力がはたらいているからです。真ん中に向かってこんもりと盛り上がっている、これが本当の目玉焼きです。型に嵌《は》め込んで丸くしたものではないのです。

短歌もこれと似ています。五・七・五・七・七は嵌め込むための型ではないのです。求心的に働く力、これこそが本当の定型です。したがって、あるところでは字あまりであったり、字たらずであったり、あるいは破調であっても、求心的な力が働いていれば、それは定型として機能しているということです。

逆に、枠に嵌めたファミリーレストランの目玉焼きのようなものは、型だけであって、機能していないということになるのです。

◎音数の数え方

日本語は等時性の言語といわれています。等しい時間で一語を発音するのです。「あ・い・う・え・お」を全部同じ長さで発音しているということです。

外国語はそうでないものもあります。「アイ・アム・ア・ガール」という文章があります。たとえば、「ア」と「ガール」は同じではありません。日本語では「ア・イ・ア・ム・ア・ガ・ー・ル」というように、それぞれ同じ長さで切ることができます。英語では「アイ」も「アム」も「ア」も「ガール」も一音（一シラブルといいます）です。それぞれ長さが違うのに、です。ですから、この文章は英語では四音、日本語では八音ということになります。

日本語がこういう言語だからこそ、三十一音という形ができるのです。

◎伸縮自在な日本語

「ガール」と音を伸ばすようなとき、日本語では「ガ・ー・ル」というように、一つひとつ音を切って数えます。「ー」と伸ばすときも一音に数えます。しかし、「ガール」と「あがる」の長さが同じではないはずなのに、その場にみあった長さに読んでしまいます。

人間の耳は都合よくできているか、あるいは、ちょうどいいように読んでしまうかで、初句、三句なら五音に、二句、四句、結句なら七音程度に読んでしまうこともできるのです。逆に、八音で、字あまりの場合、短くして七音として読んでしまうこともあります。

このあたりが日本語の伸縮自在なところなのです。

最近、巷《ちまた》では外国語が氾濫しています。新聞や雑誌、テレビでも、驚くくらいカタカナ語が多い。ということは、時代を反映する文学として、短歌のなかにも外国語がたくさん使われています。

外国語は「ガール」のように伸ばす言葉が多いのです。それをどう数えるか。今のところ、「ガ・ー・ル」というように三音として数えています。

外国語ばかりでなく現代の言葉には、わずかながら長短がある言葉が多いのです。「一本」のことは「いっぽん」と発音して、四音ということになりますが、古語では「ひともと」と言っていました。これですと、「ひ・と・も・と」というように一音ずつ切って読めますが、「いっぽん」の促音「いっ」を一音と数えていいのかどうか。「ひともと」、「いっぽん」、やはり同じではないように思えます。

「ひじょうなる」、「おっと」などの訓読みの場合、あるいは「しゅわしゅわ」、「ぎょろぎょろ」などのオノマトペ（擬声語・擬態語）など、新しい言葉がいろいろできてくると、音数を数えるのもむずかしくなってきています。

しかし、実際に作っているときは、あまりそんなことを考えてはいません。自然に解消しています。短歌形式がそのあたりは飲み込んでくれる、わたしはそう思っています。

洋裁をしたことがある人ならわかると思いますが、「いせこむ」という感じです。同じ長さではない二枚の布を、わずかずつ緩《ゆる》ませてもう一枚の法《のり》に合わせてしまう方法です。片方がバイヤス断ちであれば、かんたんにできてしまいます。短歌はバイヤスの布のようなものです。

ですから、先に述べましたように、指折り数えるのではなく、口で音声に出して読んでみて、滑らかであればそれでいいのです。

◎二音で一拍　四拍子

短歌は四拍子だという説があります（別宮貞徳氏）。

日本語は二音を一つにまとめてしまう癖があるのだそうです。たとえば、「てぶくろ」は「手」と「袋」ですから、意味で分けるとすれば一音と三音です。しかし、実際は「てぶ・くろ」と言っているのだそうです。

「紅」も自然に「くれ・ない」なのだそうです。「子ども」は「こど・も」、「桜草」は「さく・らそ・う」。むろんゆっくり読んだり、意味を確かめたりしながら読むときは「さく・ら・そう」になりますが。

また、なにか化学元素記号みたいに、一音というのは他の音にくっつきたがっているのです。たとえば、「津」という町があります。「つっ」あるいは「つう」というような発音になるわけです。

助詞が一音ですから、二音の組み合わせに、助詞の一音をたす、このようにすると、二・二・一や二・二・二・一にすることは簡単です。つまり、五音、七音というのは日本語の組み合わせに便利だということでもあります。日常会話をしていても自然に五・七・五のような形にはなるのです。

「夕飯の、おかずは何に、しようかな」、ほら、もう五・七・五です。「お肉は飽きた、魚にしよう」、もうこれで七七です。

つまり、言葉だけなら五・七・五・七・七はかんたんだということです。日本語がすでに五や七にしやすい言語であるということです。

それはそうでしょう、だからこそ、外国にはない五・七・五・七・七という形式が生まれ、一三〇〇年以上も続いているのです。

◉韻とはなにか

韻《いん》を踏む、などということがあります。さまざまな韻がありますが、代表的なものは頭韻《とういん》と脚韻《きゃくいん》です。字のとおり、頭のほうに韻を踏んでいるのものと、終わりのほうで踏んでいるものです。

丹《に》つつじの　匂《にほ》はむ時に……

信州《しんしゅう》　信濃《しなの》の　新蕎麦《しんそば》よりも……

これが頭韻です。言葉のはじめが、「に・に……」「し・し・し……」というようになっていますす。とてもリズミカルで、弾《はず》んだ感じがします。

それに対して脚韻、

おきつどり　鴨つく島に　わがゐねし　妹は忘れじ　よろづよまきて

(ri)　(ni)　(si)　(ji)　(te)

脚韻というのは母音です。ローマ字で書いたように、四句目まで「i」で終わっています。これが脚韻なのですが、日本語ではこういうときの母音があまりはっきりしません。ですから、言われてみなければ脚韻を踏んでいることに気がつかないくらいです。

気がつかないということは効果があがっていないということでもありますから、苦労して作っても意味がないということになってしまいます。ですから、日本語では母音だけでなく、その前の子音も含めて、韻を踏んだと感じるのです。

坂は照る照る　鈴鹿は曇る　間《あい》の土山　雨が降る

江戸初期の流行《はや》り唄です。

照る、曇る、降る、「る」で終わっています。「r」という子音と「u」という母音が両方あって、はじめて韻を踏んでいるなと感じます。

韻を踏んでいると、リズミカルにはなりますが、あまりに調子がよすぎると感じることが多いようです。それで、軽々しい印象になってしまうことがあります。

効果があまり顕著でないことと、はっきりわかると軽々しくなってしまいがちということで、あまり韻は使われていません。

ただ音として、耳から聞いて心地よいものを選ぶ、そういうほうが重要なことだといえましょう。韻とはこういうものだということだけ覚えておいてください。音については別項でくわしく説明します。

第二章　言葉はふさわしいところで使うもの

◎古い言葉・新しい言葉

たとえば「学舎《まなびや》」といえば和語、大和言葉です。現代語でいうと「学校」です。日常、私たちは「学舎《まなびや》」などとは言いません。短歌でももう学舎《まなびや》などとは言わないのが普通です。でも今でも生きている大和言葉はたくさんあります。「厨《くりや》」、台所のことです。しかし、台所でも古い感じになってきています、今ではキッチンですね。古い言葉はちょっとかっこいいですが、やたらに使うとおかしいです。ＩＨのシステムキッチンを厨《くりや》というのは、やはりおかしいでしょう。言葉はふさわしいところに使ってこそ生きるのです。作者の生活実感とかけ離れた言葉は、けっして生きて使われたとは言えません。通常、自分で使っている言葉、それでいてこなれた言葉を使うのがよいと思います。

しかし、自分では使わなくても、先輩たちの歌を読んでいるとしばしば出てきますので、覚えておきましょう。頻繁に短歌で使われる古語をあげてみます。

あうら・あなうら（足の裏） あぎと（顎《あご》） あした（朝） あかとき（暁・朝）
行きなずむ（行きなやむ） いたつき（病気） いさらい（お尻）
うから（親族・血族） うちつけ（突然） うまい（熟睡） おとがい（下顎）
おとご（末っ子） かたえ（片方・側） かはたれどき（明け方） きぞ（昨日）
くちなわ（蛇） さわに（沢に・たくさんに） しみみに（おびただしく）
しるし（著しい） そばえ（日照り雨） そびら（背中） たぶ・とうぶ（食べる）
たまゆら（しばし） なべて（一般に） ない（地震） ぬか（額） 美《は》し（美しい）
はらから（兄弟） ふしど（寝床） ふふむ（ふくむ・膨らむ）

◎カタカナ言葉

外国語、主としてカタカナで書かれるものです。日常に氾濫《はんらん》していますから説明の要はないでしょう。たとえばスーパーマーケット、ニュースペーパーなどです。

いつでも、どこででも使われていますから言葉としては承知していますが、問題は使い方です。スーパーマーケットは通常スーパーなどと略して言っています。日常ではそれでいいのですが、歌はやはり文章ですから、できれば省略せず、全部入れたいのです。

でも、音数が多くなってしまいます。そのあたりが工夫のしどころと言っていいでしょう。アルバイトをバイトなどと略しますが、どうしても品が悪くなります。アルバイト、スーパーマーケット、というようにきちんと入れられるような工夫が第一です。別の言葉に入れ替えるなどの工夫も必要になってくるかもしれません。

逆に、外来語を使うことによって音数がぴたりといくというような場合もあります。まず、あまり聞きなれない外来語は避けること。流行語などは、とくに気をつけて、定着してから使うほうが賢明でしょう。文章というものは、日常使っている言葉より、いくらか古いくらいでちょうどです。

ブリティッシュ・ブレッド・アンド・ベジタブル　あなたにちょっとてつだってもらって　『サニー・サイド・アップ』加藤治郎

なにが過ぎ去った風なのか　銀いろのニュースペーパー鋪道をすべる　『サニー・サイド・アップ』加藤治郎

音数の関係で日本語を使ったり外国語を使ったりすることもある、ということを述べましたが、この例の場合、「ニュースペーパー」でも「新聞紙が」でも、音数的には同じようなものです。それに、私たちはあまりニュースペーパーとは言いません、キザです。それをあえて使ったことで、もしかしたら英字新聞かなとか、この風景は外国かなとか、商社や外資系会社に勤めている人かなとか、さまざまなイメージが膨らみます。使い方によってこのような効果もでる、ということでしょう。

パンと野菜と言えばいいのに、と思いますが、これも雰囲気をだすためにあえてこういう表現をしたのです。やはり若い感覚が表れていると思われます。ブレッドとかベジタブルというように、名詞だけを外来語にするのは日常会話のなかにもしばしば出てきます。しかし、ここでは「アンド」を入れて、文章にしていることが新しい傾向でしょうか。

外来語はどうしても長いので、省略して短く言うことが多くなります。

たとえば、ハウスはどうでしょう。露地栽培に対してハウス栽培のことをハウス物などということがあります。時期の早いトマトやキュウリなどによく使われる言葉です。しかし、ハウスだけではビニールハウスを表すのは無理でしょう。

ウインドウはどうでしょう。同じく窓のことではなくショウウインドウのことです。省略していますす。省略したことで、普通の家や窓を想像してしまうと、すこしずれるようです。

ホームはどうでしょう。これは現在ではかなり紛らわしくなってきています。かつてはプラットホームのことでした。今は特養老人ホームなどを指すことがあります。文脈のなかで判断できることが多いのですが、やはり省略のために紛らわしくなっているのですから、できるだけ正確に使うようにしたほうがいいでしょう。

少し前「ケータイ」という言葉が問題になったことがあります。ケータイは、携帯電話のこと、それをケータイと省略してよいかどうかということです。携帯というのは持ち運ぶという意味で、電話という意味を持っていません。したがってケータイでは意味をなさないというわけです。しかしそれから時間が経って、変わってきました。ケータイは電話の機能よりむしろメールやパソコン機能のほうが充実してきましたから、電話ではなく新しい機械になったのです。携帯するという意味とは離れて、持ち歩きの可能なパソコンという意味になってしまったかもしれません。さらにはカメラ、財布の機能までついてしまったので、もう別のものになってしまいました。

◎オノマトペ

擬声語・擬態語をあわせてオノマトペと言っています。
擬声語は、蛙の鳴き声「ケロケロケロ」とか、鳥の鳴き声「ホーホケキョ」などです。
擬態語には、めだかが「すいすい」とか、牛が「のろのろ」などがあります。

オノマトペも使いはじめると、おもしろくてつい使ってしまいますが、あまり多用するとよくありません。とくに、「小川がサラサラ」とか「風がひゅうひゅう」など、使いふるされたオノマトペは陳腐《ちんぷ》な感じがします。一度使ってしまうともう二度と使えないくらいの気持ちで使ってください。

樫の木の梢に風が生まれるかざわざわずわんと高鳴りがして　『機知の足首』

大きな木に、風が吹いたとき、「ざわざわ」する、という言い方はよくあると思います。それだけでは単純ですので、「ずわん」という擬声語を入れてみました。多少は変化が出たのではないかと思っていますが、いかがでしょう。

自分なりの新しいオノマトペといっても、まったく新しすぎるのはよほどのことでないとなかなか実感が伝わりません。伝達が容易で、どこか新しい、その程度がいちばん無難でしょうか。むろん、無難なだけがいいというわけではありませんが。

しゆわしゆわと馬が尾を振る馬として在る寂しさに耐ふる如くに
『黙唱』杜澤光一郎

馬が尾を振る状態です。実際に音が出るかどうかわかりませんが、側《そば》にいればそんな音がするかもしれない、そういう感じがします。つまり実感があるのです。

鶏ねむる村の東西南北にぼあーんぼあーんと桃の花見ゆ　『翼鏡』小中英之※

「ぼあーんぼあーん」は何かの音のような気がしますが、文脈でいくと状態です。桃の花が、「ぼあーん」と咲いているのです。輪郭《りんかく》がはっきりしないような咲き方ということでしょうか、しかもあちこちに咲いている。咲いている状態としては特殊ですが、しかしとてもよく感じが出ていると思いませんか。「ぼんやり」、「ぼあっと」、「ぼあぼあ」、「ぼうっと」など、今までにあったオノマトペと近いところにあるので、あまり違和感がないのです。

また、造語というものもあります。辞書にはない言葉を自分で作るのです。かんたんそうですが、これがなかなかむずかしい。読者に伝わらなければなりませんから作るほうもそうかんたんではないのです。

しかし、オノマトペだけは自由です。「小川がさらさら」では当たり前というなら、実際に小川の音を聞いて、どんな音をして流れているか、それを表現するとよいのです。そして読者がなるほど、そういう音がしているわ、と了解できればいいのです。観察も必要です。自分の感覚をシャープにして、新しいオノマトペを作ってみてください。

※こなかひでゆき　一九三七年（昭和一二年）～二〇〇一年（平成一三年）。京都生まれ。詩人、安東次男の知己を得

て文筆活動始める。「短歌人」同人。歌集『わがからんどりえ』など。

◎ありそうでない言葉

「新しい」という言葉があります。昔は「新《あら》たしい」だったそうです。「新た」が語源です。「新た」に「しい」がついたものです。「あたらしい」は誤用だったのですが、現在ではそれが正しく、「あらたしい」などと言ったら笑われそうです。言葉は変化するのです。

「三十路《みそじ》・四十路《よそじ》」などといいます。現在は三十代、四十代、というように使われますが、正確には、三十歳、四十歳というちょうどの年齢を指します。「路」は接尾語で、とくに意味はありませんが、「みち」というと、ずっと続いているものをイメージさせるので三十代、ということになったのでしょう。

二十歳は「はたち」といいます。このときは二十歳だけをいって、二十代ではありません。「はたち」の「ち」がすなわち「路」にあたるわけで、同じ意味だったのです。

現在では辞書によっては両方の意味が出ています。

意味の幅が広がったということですが、あるいはさらに何十年もたつと、三十歳、という意味が消えて、三十代だけが残るかもしれません。

「節《ふし》くれる」は「節《ふし》くれだつ」、「靄《もや》う」は「靄《もや》る」です。「もやう」という同音の言葉はありますが、「舫《もや》う」で、船を繋《つな》ぐことです。

「横なぐる」も不自然です。「横なぐりの雨」などと言います。「どしゃぶる」という動詞はありません。やはり「どしゃぶり」でしょう。

「雨が小止《こや》む」もおかしい「小止《こや》み」という名詞しかありません。「うずくむ」は「うずくまる」の誤用でしょう。

「ま逆」という言葉は年配の人にとってはちょっと違和感があります。かつては「正反対」と言ったのです。言葉は時代につれて変わります。たとえ誤用であっても言葉は変わります。しかしできるだけ自分の納得のいく言葉を使いたいものです。

最近、若い人たちが「何気《なにげ》に」、と言っていますが、「何気なく」ではないかと思うのです。

ほんの一例ですが、ちょっとしたまちがいが多いのです。あやしいなと思ったら辞書を引く習慣をつけましょう。案外、当たり前に使っていた用法がまちがっているということはあるものです。ときどき確認する必要があります。

◎似ているが違うもの

「休らう」は休むこと、「安らぐ」はほっとすることです。微妙に違います。「久に」は久しく、長らく、「久々に」は久しぶりに、です。

「久方《ひさかた》の」というと枕詞《まくらことば》です。久しぶり、という意味ではありません。久しぶりは「ひさかたぶり」と言えばいいわけです。「久々」もあります。

「おのもおのも」は「各々」という意味で、「おのがおのが」という言葉はありません。

「おのがじし」はめいめい、それぞれという意味です。

似ているのでまちがいやすいですから気をつけましょう。

◎枕詞

最近はあまり使われなくなった言葉に枕詞があります。特定の言葉を修飾する意味で使われるのですが、この言葉にはこれ、というように決まっていますから、とにかく覚えるほかありません、現代でも、うまく使えばたいへん効果的な修辞法のひとつになります。

次に主な例をあげておきます。

あおによし（奈良） あしびきの（山・峰） あらたまの（年） うばたまの（闇・夜）
からころも（着る・裁つ） こもりくの（初瀬《はせ》） さごろもの（小《お》） さねさし（相模《さがみ》）
たまかぎる（夕・日・ほのか） たまのおの（長し・短し・いのち） たらちねの（母）
ぬばたまの（黒） ひさかたの（天・空・光）

◎類語

意味の似かよった言葉を言います。

たとえば、「朝」という言葉を類語辞典でみてみましょう。

早朝、晨朝《じんじょう》、旦《あした》、暁《あかつき》、暁光《ぎょうこう》、曙《あけぼの》、あかとき、かわたれ、未明、明け方、今朝、朝朝、朝まだきなどがあります。

ついでに夕方をみてみましょう。

夕暮れ、夕方、夕づく、夕べ、夕まぐれ、夕明かり、たそがれ、日暮れ、暮れ方、薄暮、日没、日の入り、宵《よい》などです。

朝でも、早い朝と、少し遅い朝、などは使い分けていると思いますが、それだけではなく、同じような時刻を指すとしても、歌に使うときは音数や雰囲気にあったものを使うべきです。語彙《ごい》は豊富にしておいて、そのときにふさわしい言葉を選びます。ちなみに「かわたれ」は「彼《か》は誰《たれ》」で、まだ薄暗い早朝、帰って行くあの男は誰？ という、かつての恋愛や結婚の習慣のなかで生まれた言葉だそうです。

「たそがれ」は「誰《た》そ彼《かれ》は」で、同じことですがこれは夕方です。

一冊「類語辞典」を持っていると便利です。ついでに申し上げておきますが、国語辞典と漢字辞典は必ずそばに置きましょう。意味を勘違いしている場合もありますし、漢字のあやふやな記憶のときは必ず辞書を引く習慣をつけておいたほうがいいのです。

たとえば、短歌大会に応募する、新聞に投稿するというようなときは、正確な字を書いている人のほうが取り上げられやすいのです。習慣にすることです。

また、辞書を買うときは、少し高価なようでも、ある程度充実したものを揃えましょう。後になって、やはり小さいのでは出ていない、物たりない、ということになって買い直すことになると、かえって高くつくことになりますから。

◎縁語

たとえば、「青柳の糸よりかくる春しもぞ乱れて花のほころびにけり・古今集※」では、

「縒《よ》り」「乱れ」「ほころび」が「糸」の縁語というわけです。縁語は和歌ではずいぶん使われていました。現在ではあまり重きを置いていないようですが、知識として知っておいてもいいでしょう。

※古今和歌集の略。九〇五年、醍醐天皇の命により、紀貫之、壬生忠岑らによって選ばれた最初の勅選和歌集。

◎言葉の印象

言葉には意味があります。しかし、同じ意味を表す言葉でも、いろいろあることを説明しました。

なぜ、そんなに言葉の種類があるのか。私たちの祖先は、繊細な神経を持っていたのでしょう。少しの違いを感じて言葉を作ってきたのです。たとえば、北国には「寒い」という意味の言葉がたくさんあるそうです。「しばれる」やそのほか多くの方言を生みました。逆に、暑い国の人は「暑い」という意味の言葉をたくさん生んできました。少しの違いを表す、それが言葉です。たいへん微妙なものです。

意味の違いもありますが、印象、イメージの違いもあります。「夕方」というときと、「黄昏《たそがれ》」というときとでは何となく違います。それは字面《じづら》からくることもありますし、音から受ける印象もあるでしょう。

ゴンゾジときこえて金蔵寺ごんぞうじ特急しまんと眼中になく　『三つ栗』

「特急しまんと」に乗っているとき、ゴンゾジで上り列車の通過を待つので停車しますというようなアナウンスがありました。ゴンゾジって何だろうと思って、ホームの標識をみると金蔵寺だったのです。納得しましたがゴンゾジという語感が面白かったので歌にしてみました。ですから意味がわからないときにはカタカナにしてみました。文字がわかったところで漢字に、そしてその言葉を楽しむようにひらがなで表してみました。

カタカナ、漢字、ひらがなの羅列です。しかも濁音のリズム感もあるかと思います。時によっては濁音を楽しむということがあってもいいのではないでしょうか。

一般的には濁音は美しくないという印象があるようで、使いたがらない人がいます。好きずきですからしかたがありませんが、言葉は使われる場所によって美しくなるもので、はじめから避けていくものではないと、私は思っています。

とはいっても、言葉の音《おん》から読者がどういう印象を受けるかということは、知っていてもいいかもしれません。これは研究者が統計をとったものですから、絶対のものではありませんし、人によって違いもありますが、例をあげておきます。

母音　あ（雄大）　い（軽快）　う（沈鬱）　え（温雅）　お（壮重）

子音　あ行（やわらかく明るく丸みをもつ）

か行（軽く鋭く高くひびく）

さ行（軽く明るい）

た行（厚く豊か）

な行（鈍くおだやかに弱い）

は行（軽く明るい）

ま行（高くてしかも沈む）

や行（あ行より濁って幅がある）

ら行（流動、旋律）

わ行（あ行より重みがあり強くひびく）

たとえば、「春夏秋冬」をどう読ませるか。

（シュン　カ　シュウ　トウ）と読めば漢語。固く、重い、角張った言葉です。

（はる　なつ　あき　ふゆ）と読めば和語。軽く柔らかく丸みをもった印象を受けます。

どう読ませるかは、一首のなかの、ほかの言葉とのバランスがありますから、これだけで、どちらがいいとは言えません。言葉は適材適所、ふさわしいところに使われてこそ、生きてくるのです。

これらの印象を頭に置いて、適切な言葉を選んでいくわけです。あまりに言葉に偏《かたよ》りすぎて、趣味的になるのも困りものですが、言葉を以《もっ》て表現する以上、おざなりにするわけにはいきません。

第四章 技をみがいてレベルアップ

思ったことを素直に述べる、もちろんそれでいいのですが、そろそろものたりなくなってきませんか。いろいろ作っているうちに、少しは変わったものを作ってみたいとか、少しは技術を使ってみたいとか、思いはじめているのではないかと思います。

それでは、技法の例をいくつかあげてみましょう。

◎繰り返し

まあまあのところがまあまあのままでこのごろあきらめまじる　『ふたりごころ』

それほど悪い状態ではない。かといって、思いどおりにいっているというほどでもない、まあまあかな、という程度。それがいつまでたってもそれ以上はよくならない。それでこのごろ、もうこれ以上は無理かな、ってあきらめかけている。そんな状態のこと、誰にでもあるでしょう。

ここで、「まあまあの」というだけでも、「ま」、「あ」の繰り返しがありますが、それがもう一度繰り返されています。そして、まあまあの「まま」でも「ま」音が繰り返されています。

なにが「まあまあ」なのか、どう「まあまあ」なのか、何もわからないまま、音の繰り返しだけで形成されているといってもいいでしょう。

「意味」ではなく、「音《おん》」の楽しみも歌の味わいです。

あえて繰り返し使うことで強調をしているのです。繰り返しは強調する技法でもあります。単純にことがらを述べただけでは散文と同じになってしまうことがあります。強弱をつけることで、メリハリはつきますし、リズムもでます。

さまざまな技法は、要約すればリズムをつけるため、といっても過言ではないでしょう。おいおいわかってきますが、必ずしも定型ではなくても、必ずしも五・七・五・七・七になっていなくても、リズムがあれば、それは短歌として認められることになります。

馬《うま》と驢《ろ》と騾《ら》との別《わかち》を聞き知りて驢来り騾来り馬来り騾と驢と来る

『韮菁集』　土屋文明

戦争のころ、中国で詠まれたものです。馬と驢馬《ろば》と騾馬《らば》がどう違うか、体が小さいとか足が短いとか、を教えてもらって見ていると、あっちから来るのは驢馬だ、その後ろから騾馬が来る、次は馬だ、などと楽しんで見ているのです。

言ってみれば、ただそれだけの歌なのです。でも、「ら」、「ろ」、「来る」の繰り返しで、たいへんリズミカルに、テンポよく歌われているので、楽しいのです。

今ですと、さしずめ外車の名前を覚えた少年が、国道でベンツだ、つぎはポルシェだ、フエラーリだ、なんて言っているのに似ています。

短歌は抒情的な、湿ったものばかりではなく、こんな楽しい歌もあるのです。これもリズムがあるおかげで成り立っているのです。

◎対比

父母《ちちはは》は梅をみておりわれひとり梅の向こうの空をみている　『衣裳哲学』

両親と梅を見に行きました。当然のこと、父母は梅を楽しんでいます。しかし私は梅よりもっと遠いもの、なにかわかりませんが、空の向こうをぼんやり見ている。

子どもはある程度の年齢になると、父母とは違うことを考えるようになるのが普通です。同じ時に同じ所にいても、やはり違う。この歌ではそうした違いを出してみたいと思ったのです。

父と母は同じもの、同じことを考えている、同じ立場の、同じ時代を生きている世代、それに対する「われ」です。「父母」と「われ」の対比。一緒に梅林に出かけたのに、違うことを考えている、ということです。


皀莢《さいかち》の流れへ傾《かし》ぐ古幹の上へ向く枝下へ向かう枝　『木鼠浄土』

繰り返しや対比はしばしば同時に使われます。「向く枝」「向かう枝」あたりは、繰り返しといっていいでしょう。「上へ」、「下へ」が対比です。反復くりかえしの中に対比を入れることによって複雑さを出してみたのですが。

下の句の「上へ向く枝」「下へ向かう枝」というように、下句の反復はしばしばみられる形です。

皀莢が繁っています。木はどうも空《あ》いている方へ枝を伸ばすようです。川があれば、そちらの方が空いていますからそちらへ。そしてまたやはり日の当たる方へ向かいます。どの枝も日を受けようとして上へ伸びるかと思うと、かえって下の方がいいという場合もあるのでしょうか、下へ向かって伸びていく枝もあります。

それぞれ伸びられる方へ向かって伸びる。そういう枝に、ちょっと心をうたれました。

「向く」が音の繰り返しになっています。

すでにともはやとも言う母のまだの部分が意外に長い　『機知の足首』

すこし高齢になってきた母は私にとって絶好の素材です。

すでに「何々をする」歳ではない、もはやこれこれをするわけにはいかない、というわけで、できないことが増えてきています。しかし案外、「まだできる」、「まだ大丈夫」という部分がけっこうあるのです。「まだ、まだ」と言いながら旅行に出かけたり、お稽古ごとに励んだり。

これも対比のような、繰り返しのような、技法の一つです。繰り返しはリズムを作りやすくなります。そして意味をシンプルにします。

この歌でも、内容的には、何が「すでに」なのか、何が「まだ」なのか、わかりません。しかし、具体的なものを指さなくても、わかる。わかるということは何かを伝達したということです。

◎たたみかけ

にんじんの泥を落としてにんじんの色があらわる人参色《にんじんいろ》が　『ふたりごころ』

人参が三回出てきます。にんじん、にんじんの色、人参色、というぐあいに、すこしずつ、ずれながら繰り返されます。

泥を洗ったら、人参の鮮やかな色が現れたというだけの歌です。

何かに覆《おお》われていて、本来の姿が見えないということはしばしばあるものです。洗ってみて、初めて人参らしい色が見えた。オレンジ色とも紅ともつかない、どんな色にもたとえられない「人参色」です。

本質が現れたとき、やはり人は心動かされるものでしょう。

飛んで来て打たれ転がり飛んで来て打たれ転がる軟式の球《たま》
『父さんのうた』 奥村晃作

テニスかなにかでしょうか、あるいは野球でしょうか。飛んできて、打たれ、転がる、それの繰り返し。

ここでも繰り返しの一つではありますが、飛んでくる、打たれる、転がるという動きは、たたみかけるように、連続して表されています。

もちろん、ボールの連続した動きです。それを忠実に表現したからこそ、こうなるのですが、この歌の場合は、そのたたみかけるような動きの連続がおもしろいのです。

洗濯もの幾さを干して掃除してごみ捨てて来て怒りたり妻が

『三齢幼虫』奥村晃作

主婦の動きをよく観察していると思いませんか。洗濯物を幾竿も干して、やっと終わったと思ったら掃除して、それが終わったらゴミを捨てにいった。それで終わりかと思うとオチがあって、亭主である作者を怒った。

私が忙しく働いてるのに、少しは手伝ったらどうなの、と言ったのでしょうか。洗濯物を干して、掃除をしてゴミを捨てて、というのがたたみかけ。さらにたたみかけですが、一つ屈折させている。

前の三つは家事ですが、最後の一つは作者へ向けてきた感情です。それはたたみかけであって、展開でもあります。

◎並列

やけなどおこさずふんがいもせず晴れもせず二つの川を渡って帰る

『やどかり』山崎　孝

これもたたみかけ、と言えないこともないでしょう。「おこさず」、「せず」、「せず」のあたりは繰り返しともいえるでしょう。このあたりはどれとも言えないのですが、三つの感情を並列していると理解しています。それは時間経過があるわけでもありませんし、強調でもありませんから。

日常の感情というものは、おそらく誰でもこんなものなのでしょう。とくに、中年になってきますと、自棄《やけ》を起こすほど短気でもありませんし、憤慨《ふんがい》をするほどエネルギーもない、かといって、とくに楽しいかと聞かれればそういうこともない。そんなありふれた感情を言いえています。

カメを買うカメを歩かすカメを殺す早くひとつのこと終らせよ

『喝采』高瀬一誌※

これはどうでしょうか。並列でもありますし、たたみかけでもあります。亀を買ってきた、当然飼うわけです、これが「歩かす」にあたります。夜店で買ってきたような亀はすぐに死んでしまう。生きものはいつ死ぬか心配なものです、それならいっそ死んでしまったほうがいいかもしれない。一つの、煩わしいことから逃れたい、そんな気持ちでしょうか。

※たかせかずし　一九二九年（昭和四年）〜二〇〇一年（平成一三年）。東京生まれ。「短歌人」編集・発行人。歌集『喝采』『スミレ幼稚園』『火ダルマ』など。

◎受身

燈のとどかぬ森の奥よりましぐらにすずめ蛾は来て我に打たるる
『風に燃す』齋藤　史

すずめ蛾《が》を打って殺したのは作者（我）ですから、飛んで来た蛾を、我は打った、という表現もできるはずです。

しかし、すずめ蛾を中心にすると、「打たれる」、つまり受け身になります。短歌は多くは自分が中心です、とくに誰と書いていない場合は自動的に作者自身とみなされます。ですからあえて、主体を「蛾」にすることで変化がでるのです。

投げられし石がそのまま閉《とざ》されて厚き氷に締められてをり
『父さんのうた』奥村晃作

「投げられる」、「閉される」、「締められる」、これはみな、受け身です。誰が投げたのか、はっきりしないようなときも受け身の形をとります。「閉ざされて」もそうです。「締められる」は氷に、ですから、はっきりしていますが、文脈では「石」が主体ですから、あわせて受動形になっています。

◎省略

短歌や俳句は省略の文学といわれています。全部を言わないで、余韻として残すということです。

また、それとは別に、言葉を省略することができます。これも一つの変化、バリエーションということになるでしょうか。

いづこにも貧しき路がよこたはり神の遊びのごとく白梅

『馬の首』玉城※　徹

「ごとく」は比喩です。本当は「ごとき白梅」になるはずです。「ごとく」から続くのは動詞ですから「ごとく咲く白梅」とならなければいけません。

しかし、この作者はそこに屈折を持たせました。後者の例なのですが、あえて「咲く」を省略したのです。

これは高度のテクニックでなかなかむずかしいですが、こういうこともあるという例として覚えておいてください。

※たまきとおる　一九二四年（大正一三年）～二〇一〇年（平成二二年）。歌人。宮城県生まれ。北原白秋の指導を受け、独特のリアリズム短歌を展開した。

◎過去・現在・未来

日本語は現在・過去・未来がはっきりしない言語です。

白菜をつつみおきたるしんぶん紙しめりをおびてくたくたとせり

『ふたりごころ』

白菜を包んでおいた新聞紙が、ほどいてみると湿っていた。白菜の息が新聞紙を萎《な》えさせていたのですが、さっきまで包んであった、つまり過去です。したがって、「つつみおきし」が正しいということになりますが、しかしほんのわずかの過去、いま解いたばかり、というようなときは、過去の回想ではありませんから、どうしても過去にしなければならないという厳格なものではないのです。

この場合、「つつみおきし」では音数が少なくなりますし、「し」が連続することになってしまいます。

これを文法上のまちがいとするわけにはいかないのです。日本語は過去・現在・未来を表すにはたいへん不便です。曖昧なのです。しかし、それを曖昧なままにしておくことで表現に幅が持たせられるということもあるので、欠点ばかりとはいえません。

◎結句のかたち

歌にはもちろんさまざまな形があり、いちがいには言えませんが、いちばん重要なのが結句です。結句の形を覚えておくと、きちっと収まります。つまり、さまになるようです。終わりよければすべてよし、というのは歌にもあてはまるようです。途中がすこしくらい揺らいでいても、結句さえきちっと止まっていれば案外、できたっ、という感じがします。ここでは大西民子※さんの作品を中心に例をあげて述べてみます。

※おおにしたみこ　一九二四年（大正一三年）〜一九九四年（平成六年）。歌人。岩手県生まれ。奈良高女で前川佐美雄に学び、後、木俣修に師事する。歌集に『まぼろしの椅子』『不文の掟』『風水』などがある。

○体言止め

まろまろと昇る月見てもどり来ぬ狂ふことなく生くるも悲劇　『風水』

引力のやさしき日なり黒土に輪をひろげゆく銀杏の落ち葉　『野分の章』

体言は、名詞・代名詞を指します。

体言止めとは名詞などで止める方法です。きちっとした形ができています。ですから、いかにもできた、よしっ、という気がします。

割り切りのいい終わり方なので、余韻はありませんが、落ち着く、といいますか、ピチッとした着地です。

文語にも口語にもある技法です。

○**動詞の終止形止め**

雪の日の沼のやうなるさびしさと思ひてゐしがいつしか眠る　『雲の地図』

道のべの紫苑の花も過ぎむとしたれの決めたる高さに揃ふ　『野分の章』

体言に対して、動詞など、活用のあるものを用言といいます。文語にも口語にもある技法です。

動詞の終止形はそっけない感じがしますが、そのぶん新しい印象もあります。一時代前に比べると、余情・余韻は薄くなってきています。かつてのように、おおげさに表現することに含羞《がんしゅう》があるようです。

○連体形止め

二年経て机の位置も書棚もそのままなるを不思議のごとく夫は眺むる

『まぼろしの椅子』

終止形ですと「眺む」ですから、ここは連体形で止まっているということになります。日本語は、といいますか、日本人は断定を嫌う人種なのだそうです。

「これをいただきたいんですが」と言って、その後を言わない。すると、言われたほうは察して「どうぞ」と言う。

動詞の終止形ではあまりに言い切りのようになって余韻がない、ということなのだと思いますが、連体形で止めたり、あるいは係り結びなどといって、あえて終止形で止めない技法も発達したくらいです。

音数の関係もありますが、終止形の代わりに連体形を使うこともあります。ただ、まちがって使っている場合もたいへん多いのです。うっかり使ってしまわないよう、心がけたいものです。

○助動詞で止める

青みさす雪のあけぼののきぬぎぬのあはれといふも知らで終らむ　『雲の地図』

「終らむ」の「む」は推量の助動詞です。口語でいえば「終わるだろう」です。同じ助動詞でも文語のほうが含みがあるように思います。

伝統的な言葉というものは、多くのことをふくんで豊かなのだと思うのです。助動詞で終わるものは、圧倒的に文語表現のほうが多いです。

○その他

夢のなかといへども髪をふりみだし人を追ひいきながく忘れず　『不文の掟』

打ち消しの終わり方。打ち消しは断定ですから、きつい響きがありますし、厳しさが出ます。また、使い方によっては消極的にもなります。あまり余韻もありませんから、したがって、たびたび使うことはどうかと思います。

葱《ねぎ》の花しろじろと風に揺れあへり戻るほかなき道となりつつ　『花溢れゐき』

「つつ」は動作の継続です。継続している状態ですから、断定ではなく、少し余韻があります。言葉をにごすような、口ごもるような、結句にきてあまり大きな声にならないような感じです。

消極的な表現ではありますが、まだ先になにか言いたいことが続くような感じがして、読み終わったあと、いきなり感動がくるのではなく、じわっとしみてくるような味わいになります。

山脈も芽ぐむ木立も遠く澄み空からこはれてくるやうな日よ　『雲の地図』

「よ」は感動を表します。より強く表現したいときに使うのですが、あまり使いすぎると、自分で先に酔ってしまって、読者に感動を与えるかどうか疑問です。

音数がたりないとき、つい使ってしまいがちですが、かえってむずかしいと思っていたほうが無難です。批評のとき、「甘い」などと言われることがあります。自分だけがそのムードに浸《ひた》ってしまっているからです。よほど心して使いましょう。

わが呼びし声のきこゆる夜もあらむ他界の女の声のごとくに　『野分の章』

これは倒置法です。前後を入れ替えてあるのです。あとで細かく説明しますが、結句を、文章の中途で終わっているようにして、あとに余韻を持たせてあるのです。

短詩型は余韻が重要です。すべてを言い切ってしまうと、味わいに欠けることになってしまいます。

このように結句の形だけでもさまざまです。一首を締めくくる言葉ですから、せっかくうまく言ってきても、ここで台なしになることもあるくらいです。工夫し、よくよく考えて筆を置くべきでしょう。

では、その他の方法をみてみましょう。

◎倒置法

夏やせのわれを支える駅頭の柱がありぬ彼が来るまで　『ふたりごころ』

彼が来るまで支えている、という文章になれば順です。それをあえて順を入れ替えてあります。

なぜ倒置法というのがあるかというと、理由はいくつかあります。前の項で述べましたが言い切りを避けて、余韻を持たせるような結句にしているとき。入れ替えることで結句を強調したいとき。あるいは、手品みたいに最後まで主題を明かさないことで、読者の興味を最後まで引っ張っていくとき、などです。しばしば使われる技法ですが、単調になったときにはメリハリがつくものです。

◎比喩

比喩には直喩《ちょくゆ》と暗喩《あんゆ》とがあります。

バースコントロール知識反芻《はんすう》 人毛のごとき雨降りはじむ 『衣裳哲学』

「人毛のごとき」というところ、何々のようだ、というのが直喩です。「ごとき」「ごとく」、「ような」などの言葉が入ったものです。雨を、人毛にたとえているわけです。まるで人の毛のような細い雨が降っている、と。

これは詩の技法としてはごく普通に使われていますが、「雪のように白い肌」とか、「山のように積み上げて」など、あまりにも使われすぎているものは詩的比喩として効果があるとは思えません。あなたらしい、新しい、比喩を生みだす工夫が必要です。あまり効果のない比喩を使いすぎると、安易な作品になってしまいます。

熟《う》れすぎの桃の匂いののぼりたち捏《こ》ねあわされて昭和はあるも　『衣裳哲学』

昭和の終わりごろの歌です。昭和という時代は戦争があり、高度成長があり、とにかく近代化の進んだ時代でしたが、もうすでに熟れすぎのような行き止まりのような感じも受けていました。その時代をたとえていうと、熟れすぎた桃の匂いが立ちのぼってくるような、そんな感じだと思ったのです、甘ったるくて。

ここでは「ごとし」という言葉は使っていません。何をどれにたとえるというのではなく、全体で「そんな感じ」を表しています。暗に、たとえるということで暗喩といいます。

霊柩車が雨水はねて走りぬけしずかに水がもとにもどる間　『衣裳哲学』

雨上がり、霊柩車が水たまりの水を跳《は》ね上げながら走っていった。しばらくすると、波だった表面も静かになっていきます。

情景はただそれだけですが、作者としては奥に隠した意味というものがあります。霊柩車で人の死というものを暗示させます。人の死によっておきる波風、それが静まるまでには、それぞれの家庭の事情というものがあって、いつまでも落ち着かない家もあるわけです。それを具体的に、見える情景としてこう詠《うた》ったのです。暗に意味をふくませたのです。

また、比喩とは、別の言葉で置き換えることです。どうして置き換えるかというと、そこにおもしろさがあること、また、何かにたとえたほうがわかりやすい、などでしょう。そこに詩としての工夫も加えられますし、独自の味わいを出すこともできますから。ストレートに言うより、より幅広い意味をふくむこともできる。比喩とは、詩の方法としてたいへん便利で、しかも奥が深いものなのです。

単純な自然詠だと思っていたものが、読み方によって暗喩として、たいへん深い内容だったりします。歌は、作者だけで作るものではないのです。読者がどのように受け取るか、深く味わってくれれば深い歌にもなるのです。

ですから、読みということも大事です。言葉一つひとつの働きをよく理解して解釈できるようになってほしいと思います。作品を作ることで自然に読みの力はついてきます。また、読みが深くなると、自分の作品も深くなるのです。

◎固有名詞を使う

人名、地名、映画の題や本の題、あるいはビルの名前やお店の名前などは固有名詞といいます。「映画」は普通名詞ですが、「ハリー・ポッター」は固有名詞です。特定のものについた名詞です。

地名がでると、そこへ行ったことのある人なら情景を思い浮かべてくれるでしょう。映画の題にしても見たことのある人はそれだけで情報は伝わります。

とはいえ、固有名詞に頼りすぎてもいけません。あまり有名な場所ではないときもありますし、読者全員が知っているとはかぎりませんから。

曲坂《かねざか》を二日つづけて登るはめ降りみ降らずみ六月終る　『ふたりごころ』

「曲坂」が固有名詞です。読者にはどこの曲坂かはわかりませんが、ただ「坂」というより、具体性があるように思います。

頭とは何ぞと問ふにジャコメッティ端的に応《いら》ふ胸の付け根

『われら地上に』玉城　徹

ジャコメッティ※という彫刻家を知らないと、この歌は理解できないかもしれません。ジャコメッティの作品は針金のように細い細い人物を形作っているのです。ですから、頭と胸とがくっついているような感じです。首に当たる部分が、同じような太さなのでわからないのでしょう。人名が効果的ですし、また、人名が歌の解釈にどうしても必要なのです。

※ジャコメッティ　一九〇一年―一九六六。スイス生まれ。シュールレアリスムの彫刻家。

生まれは甲州鶯宿峠《おうしゅくとうげ》に立っているなんじゃもんじゃの股からですよ
『右左口』山崎方代

鶯宿峠は地名です。この地名がなかったら、あまりおもしろくない歌かもしれません。とてもいい地名です。どのくらいインパクトをもった名前か、歌の中で魅力的かどうか、ということも大事な要素です。ちなみに、歌集名の『右左口《うばぐち》』は山崎方代の出身地の村の名前です。山梨県にあります。

子どもの名前、故郷の名前、これらを効果的に使うのも技法の一つでしょう。子どもの名前などは読者は知らないのですが、それでも効果をあげることはできます。孫などと書きたくないときもありますし、連作などで「子」が何度も出てきてしまうような場合には固有名詞を使う方法が有効的なことがあります。

◎日常語の軽さ

うちうちだから　うちうちだからとくり返し碗に盛りたる酒をねぶれる
『右左口』山崎方代

「うちうちだから」という言い方はたいへん俗っぽい、日常語です。短歌は韻文ですから、どちらかというと、日常から離れた、文章的な要素が強いのですが、こういう俗語がたいへん効果的に使われることがあります。

この作品も後半は文語の表現になっていて、口語、文語の混ざったもの、ということになりますが、違和感どころか、たいへん味わい深い作品になっています。

到達といえばきこえのよきものをにっちもさっちもいかなくなりぬ

『ふたりごころ』

ふつう文章語としては使わない「にっちもさっちも」という俗語。どうにもならないという行き詰まりを表現するには、少々荒っぽいほうがヤケ気味の心情がでるかなと思って使ってみました。あまり上品ではありませんから、格調の高い歌は望めませんが、しかし文芸というものは整っているばかりがいいわけではないでしょう。内容にあった表現であればそれでよいと思います。

「猫投げるくらいがなによ本気だして怒りゃハミガキしぼりきるわよ」

『シンジケート』穂村　弘

読みやすいこと、勢いがあって現代的なこと、それにいかにも生《なま》の声といった雰囲気があります。日常会話がそのまま歌になっているのですから、簡単にできそうです。

事実、形はできるでしょう。しかし、それがそのまま「詩」になるかというと、かなりむずかしいものがあります。作ってみると、案外、むずかしいものです。

たいへん重要なことを一見軽く見せる、そうした意識が日常語や会話体を支えています。また、最近では、本当に軽いことを、軽く会話体に乗せることがあります。どちらがいい悪いということではありません。その時代が生み出した文体です。

◎どういう文字で表すか

日本語には、漢字、ひらがな、カタカナがあります。外来語も多いので、英語やそのほかの外国語の文字をそのままのつづりで書くこともできます。さらに、ルビなどもあって、表記にかけては世界一複雑な言葉だと思います。複雑ということは、それだけさまざまなバリエーションが生まれるということですから、工夫のしどころでもあります。

急《せ》きながら森ゆくわれの前うしろはつなつの樹の精は戦《そよ》げり　『衣裳哲学』

この歌を、試しに、書けるところをすべて漢字で書いてみます。

急《せ》きながら森行く我の前後《まえうしろ》初夏の樹の精は戦《そよ》げり

ずいぶん固い感じになると思います。「急《せ》く」も「急《いそ》ぐ」とまちがえないようにルビをふりました。また、漢字で書くと、「前後」も「まえうしろ」とルビをふらないと、「ぜんご」と読まれて、リズムが崩れます。

Hysterical《ヒステリカル》な近代都市に住むゆえに葡萄《ぶどう》酒色の Irony《イロニー》はある　『衣裳哲学』

外来語は通常カタカナで書きます。「ヒステリカル」、「イロニー」のところをあえてカタカナにせず、このようにしてみました。

歌は本来、声に出して読むものだったといっても、現代では圧倒的に活字で読むことのほうが多いのです。つまり、視覚で読むことになりますから、どういう文字で書かれているかということも表現の重要な要素になります。目からくる印象も、現代短歌のなかでは軽く見るわけにはいきません。

ふりかえりみればあなたはもういない敷きつめられたいしみちばかり　『天の穴』

「敷」以外はすべてひらがなにしてみました。やわらかい雰囲気が叙情性を深めると思ったからです。

たとえば、会津八一はどの作品もすべてひらがなで表記しています。ひらがなですと、まず、ゆっくり読むことになります。意味の切れ目がはっきりしないような気がして、早くは読めないのです。そこが狙いです。

ゆっくり読む、味わって読んでもらうことができます。そのかわり、破調になると意味がとれなくなることもあります。

◎新かなか旧かなか

「新かなづかい」、「旧かなづかい（歴史的かなづかい）」のことです。新かなは、現在、学校で教えているもの、新聞や雑誌でも使っているものですから説明の必要はないでしょう。

問題は旧かなです。

まず長所です。動詞の活用形を見ればわかります。たとえば、「思う」という言葉の活用形を見てみましょう。旧かなですと「思ふ」になります。

（未然形）	（連用形）	（終止形）	（連体形）	（已然形）	（命令形）
は	ひ	ふ	ふ	へ	へ

これが新かなですと、

わ	い	う	う	え	え

旧かなのほうはきれいに「は行」で揃っていますが、新かなのほうは、「わ行」と「あ行」が混ざっています。つまり四段活用といっても、一直線にならないのです。言葉の形態として、文語のほうが整然としているといえると思います。

沢水の音さわやかにそそぎいる青わさび田に春の雪ふる

「そそぎいる」ですが、「そそぎ入《い》る」のか、「そそぎ居《い》る」のか、新かなではわかりません。旧かなですと、「入る」ほうは「そそぎいる」、「居る」ほうは「そそぎゐる」ですから区別がつきます。

後続車待たせて駐車するときに鼻の頭に汗のわきいず　『ふたりごころ』

「わきいず」。文語ですと、「ず」は打ち消しになりますから、出ないという意味です。しかし新かなですと、出る、出ない、どちらも「ず」なのです。

ですから、ここでは出たのか出ないのか。「出る」というとき、旧かなでしたら「出づ」となります。整理しますと、

旧かな　「出づ」（出る）「出ず」（出ない）

新かな　「出ず」（出る）「出ず」（出ない）

新かなはこんなに紛らわしいのです。

この歌は私の歌ですが、私は原則として新かなを使っています。しかし、どうしても意味がわからなくなるおそれがあるので、「出づ」だけ旧かなを使っています。

でも、どうにも座りが悪いので、できるだけ文語として「出る」という言葉を使わないようにしているのです。本当に困った問題です。

では旧かなのほうがいいか、というと、また問題もあります。たとえば、「お」という音を表す表記はいくつあると思いますか。

奥（おく）　顔（かほ）　仰ぐ（あふぐ）　桜花《おうか》（あうか）

扇（あふぎ）　王子（わうじ）　買おう（かはう）　男（をとこ）

こんなにあります。

この違いにルールはないのです。中国から言葉が入って来たときの時代による音《おん》だそうです。時代によって違うわけです。

それに、言葉というのは何千年も変わらないというものではないようです。昔はテープレコーダーがありませんから、発音はよくわからないようですが、研究では、母音は七音ないし八音あったそうで、「お」の違いも音声に出してみれば違うのだそうです。

ルールはありませんから、すべて覚えなければなりません。それはたいへん煩《わずら》わしく、まちがいやすいという欠点があります。

また、「てふてふ」、蝶々のことですが、あまりに古くさい感じがしませんか。私たちの日常の言葉からあまりに離れてしまって、実感がもてない。自分の日常感覚を表現するにはあまりにもかけ離れてしまっています。

そんなわけで、どちらにしなさい、とは言いにくいのです。

言葉として美しく、整然としているのは旧かなです。しかし、まちがいが少なく、生活の実感、自分の今の感情を素直に表すには新かなではないでしょうか。

かつて地方の人が、お国なまりでしゃべれば自由になんでも表現できるのに、標準語をしゃべろうとすると固くなってしまった、というのに似ています。

はじめは、表記に気をとられているよりは、まずは使い慣れた新かなではじめて、馴れてきたら、どちらがいいか判断して、旧かなにしたい人はそれを選べばいいと思います。新かなで差しつかえを感じなければ、そのまま新かなを通していけばいいのです。

ともかく、ある時点で、どちらかを選ぶ、そういう意識は必要だと思います。何も考えないで使うより、積極的に自分の使う言葉を選んでいく、という姿勢が大事です。

その他に伝統的な技法として、次のようなものがありますが、現代ではあまり使われていないのが現状です。知識として知っておいてください。

◎本歌取り

先人の、よく知られた歌を、読者の知っているという条件のもとで、その歌をベースにしたように作られた歌です。現代では盗作と言われそうですが、誰でも知っているような作品であれば、かえって盗作とは言われません、本歌取りと思ってくれます。

〈しらたまの歯にしみとおる〉寒の水知覚過敏というにあらずや

〈 〉の中は若山牧水の「しらたまの歯にしみとおる秋の夜の酒はしずかにのむべかりけれ」を引き合いに出しています。本歌取りの場合、普通は〈 〉はしません。最近は本歌取りをあまりしないのでここではあえて〈 〉をしてみました。その牧水の歌の意味を承知しながら、歯にしみるってことは知覚過敏じゃないの、と転換してしまっています。

逆に、あまり有名ではない歌だったりすると、疑われる元になるでしょう。歌の意味は三十一音で表すのですが、本歌取りは元の歌の意味もふくんで鑑賞されますから、二倍お得ということになります。

しかし、ここにも落とし穴があって、元の歌に縛られることにもなります。いろいろルールもあります。文芸ですから、さまざまに工夫するところがおもしろいので、そうかんたんには利用するだけ、というわけにはいかないようです。

◎序詞《じょことば》

ある言葉を引き出してくるために、関りのある情景をもってきて導入に使うことです。「あしひきの山鳥の尾のしだり尾の長々し夜を独りかも寝む・人麻呂」有名な歌ですが、この歌の意味。「あしひきの」は山などにかかる枕詞です。山鳥の尾の長いように長い長い夜、ということです。つまり「長い」という言葉を導き出すために山鳥の尾が喩えにされているのです。これを序詞といいます。

もう一つ例をあげてみましょう。「葦辺より雲居をさして行く雁のいや遠ざかる我が身かなしも」という歌です。「雲居」とは雲のあるところ、つまり空です。葦の原から空をさして飛んで行く雁のように、あなたから遠ざかってしまうのが寂しいということです。

前半は遠いという言葉を導くための言葉です。ですからそこに「ように」を補えば意味がわかりますから、比喩でもあるわけです。

内容が単純な場合、背景として効果をあげることがありますが、現代では、歌に意味を持たせることが多いので、あまり使われていません。新しく復活させるのもいいのですが。

序詞はイメージを膨らませたり、言葉を滑らかにしたり、というような効果があります。歌は内容だけ伝えればいいというわけではないのです。その内容をどのように表現するかという工夫を楽しむものでもあるわけです。

第五章 テーマを詠む

歌のテーマは限りなくあります。しかしまずは眼に入ってこない。気がつかない。あるいは見たけれど感じたけれど表面しか見えていない。どう形にしていけばいいのかわからない。どう深めていいのかわからない、ということが多いと思います。素材とテーマがあります。素材というのは桜なら桜が咲いているということですが、テーマはその桜が咲くことと人生を重ねるとか、自然の力を感じたとか、もっと深いものです。どうテーマを追求していくか、実際の作品を読みながら学んでいきましょう。

◎自然

自然を歌った歌を見てみましょう。

湧《わ》きいづる泉の水の盛《も》りあがりくづるとすれやなほ盛りあがる

『泉のほとり』窪田空穂

盛り上がると崩れて、盛り上がると崩れ、そしてまた盛り上がる。山の清水の湧き出ているところを描写しています。盛り上がるという言葉を重ねて、限りなく続くようすを描いていいます。たたみかけの方法です。自分の感情を入れないで、写実に徹している歌です。単純な場面ですが、観察の細かさが参考になります。

白埴《しらはに》の瓶《かめ》こそよけれ霧ながら朝はつめたき水くみにけり

『長塚節歌集』長塚※ 節

節《たかし》の代表歌です。「白埴」は白い土で作った陶器。かつては瓶に水を汲《く》むということが日常の生活感でした。夏も冷たい水は気持ちがいいものですが、秋はひんやりとした緊張感があります。その爽《さわ》やかさを詠んでいます。

※ながつかたかし　一八七九年（明治一二年）〜一九一五年（大正四年）。歌人、小説家。茨城県生まれ。正岡子規の教えを受け、「馬酔木」に歌を発表する。歌集には『鍼の如く』、小説では『土』が代表作。

ひそやかにあきらかに空渡りゆく鳥の羽音の地には落ちこず

『青の風土記』伊藤一彦

渡り鳥。上空ですから、羽ばたきなど聞こえるわけもないのですが、だからといって鳥はゆうゆう飛んでいるのではないのです。鳥は鳥で懸命に飛んでいる、そして羽ばたきの音も近づけばかなり大きいものでしょう。楽々と飛んでいるように見える鳥の苦しみというものを地上にいて感じているのです。目前のものや、見えるものばかりではなく遠くを想像する力も必要です。

うち晴るる雪の野に舞ふ白鷺の羽のひかりは天《あめ》にまぎれぬ

『高志』木俣 修※

雪晴れの朝、朝とは書いてありませんが、そんな気がします。なぜなら新雪の清らかな感じがするからです。雪の白さ、白鷺の白さ、いかにも清々《すがすが》しく、晴れやかです。おおらかな自然詠が最近少なくなってきましたが、こういう歌を読むと歌の力というものを感じます。

※きまたおさむ 一九〇六年（明治三九年）～一九八三年（昭和五八年）。歌人。滋賀県生まれ。北原白秋に認められて作歌活動に入る。「形成」を創刊、主宰する。

◎花

自然の一つではありますが、花の歌は多いので取り上げてみましょう。

花もてる夏樹の上をああ「時」がじいんじいんと過ぎてゆくなり

『氷原』香川　進※

「時」というものは目に見えませんが、しかし、大きな出来事があった次の日、その次の日というように日数を数えるようなときなどには、「ああ時間は過ぎていくのだなあ」と実感するものです。

これは戦争直後の歌です。世界的な大きな出来事のあとでは、絶対的な時の流れを強く感じたに違いありません。

時間は「じいんじいん」と音がするわけではありませんが、雪が「しんしん」と降るように、時はじいんじいんと流れると言われると、そんな感じもします。

※かがわすすむ　一九一〇年（明治四三年）～一九九八年（平成一〇年）。歌人。香川県生まれ。前田夕暮を師と仰ぐ。「地中海」を創刊。

牡丹花《ぼたんくわ》は咲《さ》き定《さだ》まりて静かなり花の占《し》めたる位置《ゐち》のたしかさ

『一路』木下利玄※

木下利玄は抒情性を抑え、たいへん知的な作品を多く残しています。

大輪の牡丹が咲いた。最大限に咲いていて、そこで定まった、もうこれ以上にはならないところまで咲ききったのです。極みまでいってしまうと静かで、確かな位置を占めるように安定感がある。

「咲き定まる」「位置の確かさ」などと固い言葉ですが、効果的です。

※きのしたりげん　一八八六年（明治一九年）～一九二五年（大正一四年）。歌人。岡山県生まれ。佐佐木信綱門に入り、「心の花」から出発し、学習院同級の志賀直哉、武者小路実篤らと、「白樺」を創刊する。

烏瓜の花が朝方に衰へこし打ちひらきたる花のへりより

『百乳文』森岡貞香※

烏瓜《からすうり》の花は夕方七時ごろから開きはじめます。夜の花です。ですから、朝になると萎んでしまうのです。花が開いた、咲いたという歌はよくありますが、萎んだところを歌った作品は少ないのではないでしょうか。

散るというのは潔いという解釈があって、好まれるところもありますが、萎むというのは美の対象ではないからでしょう。この作品ではそこを冷静に観察しています。へりから萎んでいくという、なるほどそうかもしれません。

※もりおかさだか　一九一六年（大正五年）～二〇〇九年（平成二一年）。歌人。島根県生まれ。女流短歌の代表的歌人。「石畳」創刊。歌集に『白蛾』。『百乳文』（迢空賞）『敷妙』『九夜八日』など。

◎動物

鶴の足　かなしみのあし　むらさきのつゆくさ蹴って発つときのあし

『球体』加藤克巳

「鶴の足」と提示しておいて、それはどんな足かというと、「かなしみのあし」なのだと主観を出してくる。そしてイメージを定着するために具体的な情景、つまり露草を蹴って飛び立つときの足なのだよ、というのです。

足だけに焦点をあてていて、シンプルです。シンプルでいて、というかシンプルだからというか、イメージ鮮やかです。

かなしみの足だということは作者がそう感じたということで、これを主観といいます。誰でも感じるということではない。しかしそう表現されると、なるほどそうかもしれないと思います。そこに作者の発見があった、そしてまた説得力があったということです。

大雪山の老いたる狐毛の白く変りてひとり径を行くとふ

『忘瓦亭の歌』宮　柊二

北海道の大雪山。北海道で一番高い山です。冬はなかなか登れない秘境です。そんなところにいる狐。老いても、厳しい自然の中で生きていかなければなりません。人間のように誰かがかばってくれることはないのです。

作者は狐を見たわけではありません。誰かに聞いたか、テレビで見たかしたのですが、胸にずしんと響いたのでしょう。作者も老いています。老いるということをあるいは老いる厳しさを身に沁《し》みて感じているとき、こうした情報が胸に沁みるのです。ちょっとした情報、その情報を手に入れる、自分の物にするかどうかは作者の腕であり、そのときの心情だったりします。

その持てる金冠に光の添ふごとし冠鶴《かんむりづる》はみづから知らず

『藍の紋』初井しづ枝※

冠鶴は、頭の上に王冠のようなものがあります。それが光を受けて美しかった。しかし鶴自身は知らない。

動物は自分の美しさを知りません。鏡なんてありませんから。ですから自分の美しさに奢《おご》ることもないわけです。

反面、私たちは自分を美しく飾ったり、必要以上によく見せようとしたりもするのです。動物のあるがままの姿が人に感銘を与えるとすればそこのところです。どこか人間と、あるいは自分の生き方と重ねてみているわけです。

「みづから知らず」というようにそっけなく終わらせていますが、ここで留まることがポイントです。言いすぎない、読者に読む幅を与え、考えてもらう余地を残しておくことが大事です。

※はついしづえ　一九〇〇年（明治三三年）～一九七六年（昭和五一年）。兵庫県生まれ。北原白秋に師事し、後、宮柊二の「コスモス」に参加する。歌集『花麒麟』『冬至梅』。

雪の上にあひ群れて啼《な》く丹頂のほのかに白きこゑの息あはれ
『照徑』上田三四二※

丹頂鶴《たんちょうづる》、寒いところにいます。生きていますから声を出すとき、息が白く見えます。「白きこゑの息」という凝《こ》った言い方をしています。

白き声などというものはないのですが、声というより息というほうが近いような、声にならないような声なのでしょう。それに、「あはれ」と言っているのは生き物に対する、命に対する哀れでしょう。

※うえだみよじ　一九二三年（大正一二年）～一九八九年（平成元年）。歌人、評論家、小説家。兵庫県生まれ。歌人として出発したが、歌人論『斎藤茂吉論』が評判を呼び、後に小説『深んど』『惜身命』を発表する。

群《むら》がれる蝌蚪《くわと》の卵に春日さす生れたければ生れてみよ　『日本挽歌』宮　柊二

蝌蚪《かと》はオタマジャクシのことです。春の日が当たって、今にも生まれそうなオタマジャクシ。

後半の「生れたければ生れてみよ」は字たらずで、ぶっきらぼうです。怒ってでもいるようです。作者は、生きていくことはたいへん苦しい、と思っている。生まれたって苦しいだけだよ、と思っている。

生命が誕生するときのエネルギーを感じて、そんなに生まれたいのなら生まれてみなさい、というのです。苦しいのを覚悟して生まれてこいよ、と。

豚の交尾終わるまで見て戻り来し我に成人通知来ている　『望郷篇』浜田康敬

動物であっても交尾などというものは子どもにとっては衝撃でしょう。しかし、なにかのきっかけで見てしまったら、やはり目が離せないかもしれません。

後半とはなんの関係もないのですが、成人・大人というものを引き合いに出してきているということです。

ぐれるのをふせぐには生き物を飼へといふ言はれて仔猫一匹飼へり　『梢雲』外塚　喬

子どもがぐれる、不良になるのを防ぐには動物を飼うといい、そう聞いてさっそく子猫を飼った。猫が好きで飼うのではなく、目的は子どもの教育だという。なるほどそういうこともあるのだなあ、と親の立場がわかります。

あけぼのをもつれつつ来て遠ぞける鴉ふたつの二いろの声

『天の鴉片』阿木津　英

鴉《からす》が二羽、飛んできてまたどこかへ行ってしまった。そのとき作者の耳に残ったのは、鴉の二種類の声だった。

同じ鴉だといってもそれぞれやはり声が違う。あるいは状況によっても声は違います。呼びかけと応えだったのかもしれません。

仲よくいっしょに行動していても、やはり個体として別なのだ、という思いが頭をかすめたのだと思います。これも観察が生きています。

サバンナの象のうんこよ聞いてくれだるいせつないこわいさみしい

『シンジケート』穂村　弘

若い作者です。心の内を聞いてもらうにしても「象のうんこ」はないでしょう。ナンセンスなおもしろさです。しかし、友人とか先生に聞いてもらえない世代、状況でもあるのかもしれません。

なにか、とんでもないものにしか聞いてもらえない、打ち明けられない、そんな世代のやるせなさもにじみ出ています。

だるい、せつない、こわい、さみしい。どれをとっても青年期の本心かもしれません。虚勢を張らなければ若い男性だってこういう心情なのかもしれません。

若い世代に圧倒的な支持を受けた作品です。

◎旅

岩棚に寝ころぶわれと海つばめ日ねもす無縁に親しみあへり

『行け帰ることなく』春日井※　建

海辺の風景を詠んだもの。一人旅、といっても観光地を巡る紀行ではないのです。かつて旅は自分を見つめる行為の一つでした。やはり、青春のひとコマでしょう。

海つばめが飛んでいるのですが、無縁です。いっしょに遊ぶわけではない。孤独感を表現しています。

※かすがいけん 一九三八年（昭和一三年）～二〇〇四年（平成一六年）。歌人。愛知県生まれ。前衛短歌運動の中心的人物。歌集『未青年』『青葦』。

通い婚 いえ風の婚 たまさかに二人見ている竜神ケ崎 『風の婚』道浦母都子

今、通い婚※などというものはありません。ということは、まるで通い婚みたいということですから同居していない関係でしょう。そして風の婚だとも言っていますから、消え入りそうな、飛んでいってしまいそうなこころもとない婚だという心情なのでしょう。心細いと思っている作者像が浮かびます。

その二人が旅に出た。岬に立って海を見ている。

情景はそれだけですが、岬という突き出た場所というのも心象に効果をあげています。竜神という地名も効いています。なにか、ここに男女の恋にまつわる伝説でもありそうな気がします。

※結婚しても夫婦が同居せずに、夫か妻が相手の住まいを訪れること。平安時代は貴人の男性がしばしば女性の家へ通っていた。

コスモスコスモスコスモスばかりの信濃路を笑いやまざる妻を率てゆく

『華氏』永田和宏

信濃にはコスモスがよく似合う。

楽しい奥さんを連れての旅です。奥さんの笑い声が、コスモスコスモスコスモスと聞こえるようです。クスクスクスクスという笑い声と、どこか音が似ているからでしょうか。

単純な歌ですが、コスモスが花の名前と同時にオノマトペのような効果を持っていてとても楽しい歌です。

さらりとした、こういう歌は案外にむずかしいものなのです。

オートバイ横転したりいつ過ぎしわが若狭路に散る桜なし

『バードランドの子守歌』西王燦

オートバイで転んでしまった。若いときはこんなに転ぶことはなかったのに。いつのまにかこんなことで転んでしまうような歳になってしまった。いつのまに過ぎてしまったのだろう「若さ」は。

「若さ」と「若狭路」が掛けてあります。若狭路を走っていて転んだのでしょう。そのとき自分の年齢の「若さ」と、地名の「若狭」とが結びついた。

作者としても掛詞《かけことば》を思いついたときは楽しいものです。語呂合わせのような、駄洒落のような楽しさ。けれど、行きすぎると品がなくなります。品格を備えつつ、しかも言葉遊びとして楽しさも加えていく、それも技術です。

香を焚く煙にまかれて千年も居し如くみじろがぬ驢馬の円《まろ》き瞳《め》
ひれ伏して禱《いの》れる者は暗ぐらと石にもなれず立ちあがりたり
『北京悲愁抄』大滝貞一

二首ともチベットが舞台です。「拉薩《ラサ》巡礼」※というタイトルがついています。あまりに文化の違う地方はなかなかポイントを定めにくいものです。旅の歌はむずかしいとされていますが、どうしても報告的になってしまうからです。

また初心者の場合、一首に、見たものを何もかも詰め込んでしまって、伝わらなくなってしまうこともあるのです。やはりどうしても連作になるかと思います。

千年といういい方は大げさですが、ここにはこの地方の歴史を踏まえているのです。拉薩《ラサ》という街が抱えている時間もそこに含ませようとしていると思うのです。

二首目はそこに居る人だけに焦点を当てています。

ひれ伏して禱（祈）るというような光景は日本ではなかなか見られません。ここには敬虔《けいけん》な信者がたくさんいるのです。

しかし石になることはない、人間ですから。ここには伝説や昔語りではない、現実の生きた人間がいるばかり。それが作者の目です。

※チベット自治区の都市。チベットの政治、経済、交通の中心であり、またチベット仏教の聖地でもある。ポタラ宮をはじめ、仏教寺院が並ぶ。

◎四季

高槻《たかつき》のこずゑにありて頬白《ほほじろ》のさへづる春となりにけるかも

『太虚集』島木赤彦※

「槻《つき》の木《き》」は欅《けやき》のこと。高槻というのですから大木です。そこに頬白が来ている、春になった証拠だという。

赤彦は長野県諏訪《すわ》市に住んでいました。家長として家を守っている、そこで、巡ってくる季節を全身で受けとめているような感じがします。ひじょうに単純で、万葉調にも通じるおおらかさ、単純さ、骨太さがあります。

※しまきあかひこ　一八七六年（明治九年）～一九二六年（大正一五年）。歌人。長野県生まれ。教師の傍ら、作歌活

動に入り、「アララギ」の編集に携わる。歌集に『切火』『氷魚』。

ゆく秋の大和の国の薬師寺の塔の上なる一ひらの雲　『新月』佐佐木信綱※

晩秋、しかも大和。秋を感じていると、薬師寺の塔の上にぽっかり白い雲。ただそれだけですが、雄大で小さいところにこだわらぬおおらかさは信綱の代表作といわれています。単純化されたなかに、風景だけでなく、薬師寺の歴史、奈良の過ぎ行きまで内包されているような深さがあります。

※ささきのぶつな　一八七二年（明治五年）〜一九六三年（昭和三八年）。歌人、歌学者。三重県生まれ。「心の花」を創刊し、多くの歌人を育成する。『万葉集』の研究、校訂に力を注いだ。

鬼一人つくりて村は春の日を涎《よだれ》のごとく睦まじきかな　『縄文紀』前※　登志夫

「鬼」というのは、村やその集団で、どうもちょっと外れているというような人を指しています。つまり、共同作業に協力的ではないとか、文学なんていう生産性のないものにうつつを抜かしているとか。

つまりここでは自分のことと解釈することもできます。山村、農村の平和で退屈な日常を「涎のごとき」と言ったのです。こんな退屈なところは嫌だ、という抵抗でしょう。どこでも、いつの時代でも若者にとって退屈は敵なのですね。

※まえとしお　一九二六年（大正一五年）～二〇〇八年（平成二〇年）。歌人。奈良県生まれ。土俗的な自然観や民俗的な人間観からの歌が多い。歌集に『霊異記』『縄文紀』『青童子』（読売文学賞）など。

踏めばたしかによろこびかえす春の土その微妙なる凹凸も知る

『飛泉』山田あき※

春という季節は北国でなくても独特の喜びがあります。ですから春の歌はたくさんありますが、それだけに類型的で、どれも同じようになってしまいがちです。そのなかで土の感触で春を表現したのはさすがだと思います。

凍った土ではありません。芽の出る間際の土の感触は、人間の喜びでもあります。その微妙な凹凸と言っています。足の裏の感覚もなかなかにシャープです。歌は、眼で見たことばかりではなく、嗅覚も味覚も、触って感じる触覚も大切です。

※やまだあき　一九〇〇年（明治三三年）～一九九六年（平成八年）。歌人。新潟県生まれ。プロレタリア歌人連盟に参加し、坪野哲久と結婚する。歌集に『紺』『山河無限』などがある。

冬となる半球に飛ぶ飛行者よひらめける冬の手紙与へよ　『縄文』葛原妙子

葛原妙子は前衛の時代の歌人ですから、ひじょうに感覚的です。誰か海外旅行へ行ったのでしょう。その人に、手紙くださいね、というわけです。しかし南半球は冬、ですから冬の手紙をくださいということになります。南半球と言わずに、冬となる半球、と言っています。その抽象性が前衛と呼ばれる時代の特徴です。また、「ひらめける」冬の手紙、という表現も感覚的で新鮮です。まだ海外旅行が今ほど盛んではないとき、今ほどかんたんには行けないとき、その時代の状況も作品を読むときに必要になってくることもあります。むろんそうした背景を考えず、自由に鑑賞してもすこしもかまいません。

◎愛

なめらかな肌だったっけ若草の妻ときめてたかもしれぬ掌《て》は　『群黎』佐佐木幸綱

「若草の」は枕詞。妻にかかります。若い女性の瑞々しさをこの枕詞で的確に伝えています。失恋の歌ですが、むしろ相手の女性の形容や描写をすることで、逃がした魚は大きいと、がっかりしているようすが伝わってきます。「だったっけ」という日常語を使って臨場感を出しています。

ガス弾の匂い残れる黒髪を洗い梳かして君に逢いゆく

『無援の抒情』道浦母都子

学生運動の活動期の歌です。

政治の運動をしていても、そこはそれ、若い女性ですから当然、恋愛に発展することもあります。ガス弾の匂いが残っていても夕方になるとそわそわ逢いに行く。革命と恋、青春の大きなテーマをそのまま扱って、時代を超えた共感を得ています。

時代性ということも歌の魅力に大きくかかわります。

ビスケットの穴のようなきみの笑窪《えくぼ》　蜜蜂になって刺したい夜だ

『きみはねむれるか』大林明彦

今はクッキーですが、かつてはビスケットが主流でした。ビスケットはどういうわけか、ぼつぼつとへこみがあります。なるほど、かわいい笑窪はビスケットの穴のような感じがします。

　これは比喩ですが、たいへんうまい比喩、たいへん的確な比喩だと思います。こう言われたとき、誰でも「あっ、ほんとだ」と思います。誰でも共感できるのです。それでいていままで誰もこう捉えた人はいなかった、つまり新鮮です。誰もが納得がいき、それでいて新鮮、それが比喩の命です。特別なことではないのに、説得力を持つ、そういう比喩を生みだしたいものです。

　後半も比喩といえば比喩です。蜜蜂に成り代わる、ということですから。

　若い男性のいたずら心がよくでている作品です。

◎家族

さしのべし妻が掌《てのひら》握りたり母となりたる掌《て》のあたたかさ　『月』来嶋靖生

　出産直後の妻の掌を握ったら暖かかった。それは母となったあたたかさなのだと感じているのです。

　同時に、間接的ですが自分が父になったことも。

　掌を二度使いながら、「てのひら」、「て」と読み方が違うところに注目してください。掌によって妻そのものをいたわるような、これも愛情の表現です。

拒《こば》みがたきわが少年の愛のしぐさ頤《おとがひ》に手触り来その父のごと

『白蛾』森岡貞香

わが子、と言うべきところを、わが少年と言っているところはたいへん新しかったのです。「頤」とは顎《あご》のこと。子どもが自分の顎に触る、それはそのお父さん、つまり夫がしたのと同じように、というのですから、一見、子どもを歌っているようでいて、むしろ夫を歌っているのです。間接的に、夫が自分の顎を撫《な》でている仕種《しぐさ》を言っているのですから。巧妙な愛の表現です。

無理心中未然連用かにかくに終始連帯家庭命令

『日々の思い出』小池　光

一家心中のことです。未然に終わったということが、自分の近くでか、新聞記事でか、あったのでしょう。

未然ときたから終止にかけて終始、しかも家族ですから連帯（連体）している、家庭は「仮定」のもじりです。動詞の活用形を利用して、子どもも巻き込んだ一家の無理心中を歌っています。

軽く、調子よく言葉遊びのようですが、しかし、一家が、悪いときにも連帯してしまうというあたりに、ピリッとしたスパイスを感じさせます。

夫婦は同居すべしまぐわいなすべしといずれの莫迦が掟たりけむ

『白微光』阿木津　英

なかなかシビアな作品です。

まぐわいをしない、あるいは同居しないということは離婚の理由になります。片方がそれで訴えると離婚が成り立ってしまう。そういう法律があります。ということは義務づけられているということです。

しかし考えてみれば、まぐわいも同居も、まったくプライベートな問題です。法律で決めるなんて大きなお世話です。個人の問題に国（法律は国でつくっているものですから）が介入する、それはおかしいじゃないか、と言っているわけです。

「いずれの莫迦」という言い方が過激ですが、しかし、それだけ強い主張の歌になっています。

この時期、いままでの男性中心の世の中への批判が多く詠われてきました。いままで常識とされてきたものへの批判です。いままでとは違った視線をもって見直していくと、おかしなことが案外に多いものです。

円柱は何れも太く妹をしばしばわれの視野から奪ふ　『花溢れゐき』　大西民子

たとえば奈良・法隆寺の、エンタシス※のような柱を想像してください。ぶらぶら歩いていると、ときどき柱の陰になって、いっしょに行った妹の姿が見えなくなってしまう。もちろんすぐまた現れてくるのですが、瞬間どきっとしてしまう。お母さんとはぐれた子どものように。

大西民子は両親を亡くし、姉も早世し、夫とも離別しています。残された肉親は妹だけだったのです。今、妹を失ったらひとりぼっちになってしまう、そういう恐怖心がこういう作品を作らせたと思います。

しかし、その予感は的中してしまいます。このあと、妹は急逝します。いかにも予期していたかのような作品で、作ったことを悔やんだといいます。歌には言霊《ことだま》があり、口に出して言ってしまうと実際のことになってしまうと信じられていましたから。

※円柱につけられた微妙なふくらみ。視覚的な安定感を与える。ギリシャ建築が有名だが、日本では法隆寺金堂の柱に見られる。

えごの葉のみどりを反射《かへ》す墓碑銘に先妻《こなみ》　後妻《うはなり》名を列ねあり

『野菜涅槃図』春日真木子

古い墓地へ行くと、代々の名前が書いてあることがあります。そのなかには先妻も後妻もいる。何代か続く家系ではそういうこともあったのでしょう。作者はその両方を知っているかもしれませんし、もっと前の世代かも知れません。それはどちらでもかまいません。生きて、しかもいろいろ人生経験をしてきた作者は、二人の「妻」の人生に思いを馳せているのでしょう。

生きているうちはいろいろあるかも知れませんが、死んでこうして同じお墓に静かに眠っている。それも名前を列ねているのです。なにかおかしく、なにかもの哀しい、人間というものは、と思っていたのでしょうか。

日曜に娘が居間にいるだけで家は渋谷のようなざわめき

『眼中のひと』小高　賢

いつもは夫婦二人の静かな時間が流れています。たまたま日曜日で娘が居る、それだけで賑やかになるわけです。娘のエネルギーです。居間がたちまち渋谷になったようだという比喩はとても面白い。渋谷という繁華街を家庭内に持ち込んでしまっている。意表を突く感じです。娘の雰囲気も直に感じられます。

◎恋

たとへば君　ガサッと落葉すくふやうに私をさらって行ってはくれぬか

『森のやうに獣のやうに』河野裕子

ガサッと落葉すくうように、という比喩がたいへん効いています。若い女性はだれでもこうした感覚があるものです。

「たとへば君」という出だしも唐突で衝撃力があります。ガサッとすくう、という感覚もたいへん実感があります。文語脈のなかで、口語調をうまく使っています。

あの胸が岬のように遠かった。畜生！　いつまでおれの少年

『メビウスの地平』永田和宏

これも青春の恋。しかし相手を歌っているのではなく、自分のこと。いつまでも大人になれない自分ににじだんだ踏んでいる青春期の焦《あせ》りと苛立《いらだ》ち。

短歌に「畜生」などという言葉は使いにくいのですが、口語のいきいきした文脈のなかで十分インパクトを持っています。

観覧車回れよ回れ思ひ出は君には一日《ひとひ》我には一生《ひとよ》　『水惑星』栗木京子

遊園地にある観覧車。たぶん、遊園地でデートをしているのでしょう。ここで楽しかった思い出は彼にとってはたんなる一日のことでも私にとっては一生の思い出。観覧車も、巡っていくもの、というイメージがありますから、一生とか、大げさにいえば運命とかを感じさせます。

◎人生

人ハミナ生老病死身ニシ負ヒ此ノ世遊戯《ゆうげ》ノ天涯ノ孤独　『邯鄲線』石田比呂志

人は誰でも、いつか必ず死が来るし、病気の苦しさもある。そのことを背負って生きていかなければならないわけです。遊戯とは、心のままに自由にという意味ですが、自在に生きるということは孤独でもあります。漢字以外のところは本来は平仮名で書きます。あえてカタカナにしたところにちょっと斜に構えた感じが見えます。カタカナにすると、ゆっくり読むことになる効果もあります。

女にて生まざることも罪の如し秘《ひそ》かにものの種乾く季《とき》

『未明のしらべ』富小路禎子

富小路は独身を通しました。したがって、子どもを持たなかったのです。姓名からも察せられるように、公家の出身ですが、戦後に庶民となり、たいへん苦労しました。時代や身分などの条件から結婚がむずかしかったのでしょう。

種は生命のもと、乾いてしまうと発芽しない、そういう悲しさを含ませています。

集団の力に与《くみ》し一方《ひとかた》に雲ゆくごとく人もうごきす

『天空』外塚　喬

会社あるいは何かの集まり。

人が集まると必ず派閥ができます。それが会社ならもっともはっきり表れます。雲が流れるようにそちらに流れて行く。それが人の行動パターンなのでしょう。

作者は会社のなかで、こうした人の動きを冷静に見ている、つまり、どちらにも与さないか、あるいは反対の立場にいるのでしょう。いずれにしても、人間の行動をよく見ています。

ある種の人生哲学がここにはあります。抒情性の少ないこうした歌も現代の特色といっていいでしょう。新しさを持っています。具体的なことは言っていませんが、それだけに幅広い解釈ができます。

酔うように歌をつくりていし頃よ素直な時間流れていたり

『花やすらい』道浦母都子

過去を振り返っています。かつて酔ったようにひたすら歌を作っていた時期があった。誰でもそうかもしれません。ただただ歌を作るということしか考えない時期というものがあるように思えます。しかしだんだん日が経つにつれて他のことも考えなければならなくなる。純粋だった頃は、懐かしさが募ります。そしてときどき思い出しては原点に帰ろうと思うものです。

みづからの脆《もろ》き部分を見るやうに見てをり遠き子らとサルビア

『獅子座流星群』小島ゆかり

子ども、おそらくまだ小さい子どもでしょう。遠くで遊んでいる子どもは、自分の脆い部分だというのです。

脆い部分を見るように見ているという表現ですが、子どもというものの存在をそう捉えたところに特色があります。かわいいというだけではない子どもに対する認識のなかに、はっとするものがあります。

そして結句を「サルビア」と展開しています。この展開はテクニックです。子どもだけでは少し理屈っぽい感じになったかもしれません。

まづしかりし学生のころの恋ひ人と半世紀へて白雨《はくう》を見をり　『軟着陸』篠　弘

作者は七十歳を過ぎています。半世紀、五十年を経てかつての恋人に再会した。とてもロマンチックな場面です。別れ別れになって五十年、互いにさまざまなことがあるのが人生です。貧しかったころの自分と社会的地位を得た現在の自分。五十年という時間が凝縮したかたちで対面を楽しんでいるのでしょう。白雨とは夕立のことです。

炎立つインドの草に染めあげて五十の髪が夕映えている　『ノスタルジア』佐伯裕子

インドの草とは、ヘナのことでしょう。髪を傷めずに染めることができるというので人気があります。作者も五十歳になって髪を染めた。すると夕映えのようだというのです。明るくて綺麗だがそれでも黄昏《たそがれ》であることは確か。おしゃれをしたことでかえって年齢を感じてしまうことがあります。余裕をもって詠ってはいますがやはりどこかにほのかな苦さもあります。

◎老い

十といふところに段のある如き錯覚持ちて九十一となる　『青南後集』土屋文明

文明は百歳で亡くなりました。百歳まで生きた歌人はいなかったので、どのように老境が詠まれるかが注目されていました。

七十歳、八十歳、九十歳、という節目のところで一段ガクンと下がるのでしょう。そのときはやはり辛《つら》いのだと思います。誰にも、何にも節目というものがあり、それが分岐点になったり、折り返し点になったりするものなのでしょう。

朝の床出《とこい》でて夕べの床に入《い》る一日に老はしづかにつもる　『桑繭』北沢郁子

朝から夜までの一日を重ねるということが老いるということです。

十というところに段があるようだと文明は言っていますが、老いは確実に一日一日の積み重ね。冷静に、厳しい目をもって、人間の一生というものを見つめています。

月光に紅《くれなゐ》こぼす萩の襤褸《らんる》自然《じねん》を曝《さら》す姥となりたり　『花をうつ雷』冨小路禎子

月の光に萩の花がこぼれているのが見えます。「襤褸」はぼろのこと、花びらが散った状態です。「自然」はもともと仏教用語です。おのずからそうあることです。

つまり、花というものは時期が来れば咲いてやがて散る、これが自然です。その状態を人前でも曝している、おそらく人前で曝すというのも自然でしょう。

結句が転調して、「姥となる」と言っています。自分のことに置き換えているのです。ですから、途中までは萩のこと、結句から自分のことになっているのですが、しかし、実ははじめから自分のことなのです。

散っている萩のような自分、ということなのです。「のように」と言っていないだけで、萩に自分をたとえた比喩なのです。

あるいは発想が、萩にあったということかもしれません。散った萩を見たときにわが身を直感した、ということです。

◎挽歌

すでにかぐはし、内部なる何か焼かれなにか遺《のこ》れる灰の中の母をひろへば

『架橋』浜田　到

挽歌とは追悼《ついとう》の歌のことです。母の骨を拾うとき、何かが焼かれてしまい、何かは残されている、何かとは漠然としていますが、死によってすべてなくなるものではないということでしょう。

「すでにかぐはし」は俗なこの世界から、別の世界へ行ってしまった気高さを感じたのでしょうか。

離りゆく母にしあらむみちのくの遅きさくらの散りのまがひに
『百たびの雪』柏崎驍二

死期の迫った母、離れていくのだなあと、寂しくもせつなく佇んでいる作者。おりからみちのくの遅い桜も散り始める。桜といっしょに逝ってしまう母。いつまでもとか、永遠になどと言うことはこの世には無いのです。いつか花が散るように人の命も終わっていく。美しい場面と悲しい場面はしばしば重なることがあるような気がします。

木染月《こそめづき》・燕去月《つばめさりづき》・雁来月《かりくづき》　ことばなく人をゆかしめし秋
『花絆』今野寿美

木が紅葉するとき、燕が南へ帰っていくとき、雁が来るとき、日本には季節を表す言葉がたいへん多いのです。

ある人が亡くなったというだけの意味なのですが、この美しい古語が十分にいかされて、その季節感がでています。

秋はそれでなくても悲しいですが、季節の移ろいとともに、人生の移ろいも感じさせます。

◎死

くさむらへ草の影射す日のひかりとほからず死はすべてとならむ

『黄金記憶』小野茂樹

叢《くさむら》へ草の影が射す、実に微妙な表現です。

おそらく枯野、もうやがて叢も枯れ尽くして死がすべてを支配するだろうというのですが、実はこの作者がこの作品を残した後で、交通事故で亡くなってしまいました。ですから、この作品は作者の中の死の予感、というように言われたこともあります。

すつぽりとすみれの色に包まれて闇に息づけどわれ生きてあり

『花激つ』五島美代子

死の床で生まれた、美代子最後の作品です。

死の間近なときは菫《すみれ》色の世界なのでしょうか。黒とも違います。ここに美代子の美意識があります。具体的なものはなにもありませんが、物のない世界で、すっぽりと菫の色に包まれながら、それでも生きているという実感を持っていたのです。

待ってゐる死の影あらむその影のかれから行かばこれから行かむ

『地中銀河』高野公彦

「かれから」以降は神楽歌※の一部です。おまえがあっちから来るなら、俺はこっちから行こう、という意味です。つまり、死がそっちから来るなら、俺もこっちから行ってやるよという、いってみれば挑戦ですが、たいへん技巧的な作品です。

※古代の宮廷歌謡の一種で神楽の祈りに歌われる歌。

◎仕事

鶏は朝の卵を産み落し一日のつとめ上げてしまえり

『迦葉』山崎方代

人間は一日汗して働きます。鶏は卵を産むのが仕事ですが、朝一個産んでしまえばおしまい。時間があるからもう一個とか、人より多くなどということはありません。競争もありません。

考えてみると、人間はあくせく働いているものだなあと。

歌の内容は鶏のことですが、それにひきかえ人間は……、という言外の意味があります。全体を暗喩として読んでもいいくらいです。人間に対する揶揄のようでもあります。

本当に言いたいことが後ろに隠れている、そういう歌が豊かなのです。

スパナーをぐいっと引きぬ力瘤まだまだ力のかたまりである

『ポロシリ』 時田則雄

作者は北海道で大規模農場を経営しています。サラリーマンと違って力仕事が多いわけです。体力腕力、じかに力が必要で、どれだけ自分の体力があるかが生きていく力でもあります。ここでは「まだまだ」と言っています。つまり若くはないのです。若ければこんなことを感じません。少し衰えたことで、どうだろうかと危ぶんでいる。しかしまだこれだけの力瘤がある、大丈夫と自信を持った。微妙なところで自分の力を確認している、仕事の歌であると同時に人生の歌でもあります。

トレーラーに千個の南瓜《かぼちゃ》と妻を積み霧に濡れつつ野を戻りきぬ
『北方論』時田則雄

千個の南瓜というところにスケールの大きさがあります。一緒に作業をしていた妻も乗せている。労働をし、妻子を、家族を養っている自信が力強くあらわれています。

流言《りゅうげん》も蜚語《ひご》もたのしや幾百のすじのからまる組織力学
『太郎坂』小高　賢

「流言蜚語」を熟語としてではなく、分けて使っています。会社の組織ばかりではなく人間の組織、人間関係の中で流言蜚語が飛び交う、それも楽しいではないか、ということでしょうか。

多少、自嘲気味でもありますが、会社という組織にいることで感じる世の中をうまくとらえています。

永年勤続表彰受くる身となりぬ「以下同文」のごとき人生
『草食獣第五篇』吉岡生夫

永年勤続表彰を受けるまで長く働いた。しかし同じように長く働いている人が他にもいるのでしょう。大勢が一度に表彰され、「以下同文」として省略されてしまいます。

大勢ですから当然なのですが、人生というものは一人一人が背負うものなのに、十把一絡《から》げのように扱われてしまう。

他者から見れば、周りの人たちと少しも変わらない、平凡な人生だったという感慨が、永年勤続であるというところに、哀しみとなってでています。しかし、ここでは湿っぽい感じはありません。

◎酒

天に昇る蔓も梯子も見えざれば地上の日暮れ酒飲み始む

『月食』大下一真

酒の歌をご紹介しましょう。

嬉しいときにも哀しいときにも酒はつきもの。何か事があると酒が登場します。人が集まるとおのずから酒宴になるというものでしょう。

しかし男性というものは、何も無いときにも身近に引き寄せたいものでもあるらしい。

天に昇る手立てもないので、しかたなく地上で飲んでいるということなのですが、ともかく理由をつけて飲んでいるのです。日暮れになると酒が恋しくなるものなのでしょう。あるいは、夕暮れは人恋しい時なのかもしれない。

からっぽの酒瓶ばかり　遠い野にあれは原始の火かもしれない

『葦牙』永井陽子

からっぽの酒瓶、つまり全部飲んでしまったということです。そのあとの感覚でしょうか、遠くに火が見えるが、幻かもしれない、幻想かもしれない、原始のような火だと思う。原初的なものへのあこがれかもしれません。

前半と後半は直接には関係ないかもしれません。直感で繋げていくところもまた、現代の歌です。

終電車待つまでの記憶もおぼろならその後のことはまるで混沌

『天空』外塚　喬

作者は終電で帰っています。

ここには酒という言葉は出てきませんが、作者は酔っ払っているのです。もし、仕事で終電になったのであれば、混沌なんていう言葉は出てこないでしょう。

電車を待っていたそのときのことも、はっきりとは覚えていない、ましてや乗ってしまえばぐっすり眠るだけでしょうから覚えているわけはありません。

酔うとか、酒とか、それらしい言葉を一言も使っていませんが、作者の置かれている状況ははっきりとわかります。

省略のテクニックです。言わんとすることを、ストレートに言葉にするとはかぎりません。むしろ言わずに、全体で表わすというほうが大事です。

赤葡萄酒《ヴァン・ルージュ》のめば酔うかな身のうちに天鵞絨《ビロード》がいま敷きつめらるる

『シュガー』松平盟子

葡萄酒《ぶどうしゅ》で酔った。酔った感じを言葉で言えば、ビロードのような感じだというのです。なるほど、柔らかくて温かくて、すべすべです。あの感触はなんともやさしくしてくれるものです。

体の中にビロードが敷きつめられたようだというわけです。これもなるほどなるほどです。こうした直感を大事にしたいものです。

いろいろ学習するのはいいことですが、テクニックばかりを学習してしまって、本当の自分の感覚を忘れてしまうことがままあります。まずは自分の感覚を信じ、たいせつな財産だと思っていてください。

◎食

蟹の肉せせり啖《くら》へばあこがるる生れし能登の冬潮の底

『北の人』坪野哲久[※1]

蟹を食べている。坪野は能登の出身です。蟹は北陸の名産ですから故郷を思うのです。しかし、ただ懐かしいだけではありません。「冬潮の底」と言っています。冬の日本海の波は荒いですが、その底のほうは静かなのでしょう。表面は荒れていても海の底のようにどっしりと動かない、そういう生き方を目指したいということなのです。坪野哲久はプロレタリア[※2]の活動家でしたから、たいへん厳しい生き方をしてきたのです。

※1 つぼのてっきゅう 一九〇六年（明治三九年）～一九八八年（昭和六三年）。石川県生まれ。プロレタリア歌人同盟の結成に尽力した。歌集『碧巌』は読売文学賞受賞。

※2 労働者の視線からテーマを求めた文学。労働者の社会的地位の向上や共産主義的革命を訴えた。日本では小林多喜二、徳永直などが代表的作家。

一合の椎の実をひとり食べをへぬわが悦楽に子はあづからず　『鳥池』石川不二子

かつて木の実は子どものおやつでした。そういう時代に育った者にとっては、大人になっても木の実はなつかしい食べ物の一つなのです。

椎の実は何個か食べるのは案外おいしいですが、そうたくさん食べたいというほどおいしいとは思えません。ましてや、若い人にとってはなおさらでしょう。他においしいものがたくさんありますから、誰も食べません。

わが悦楽と言っていますが食べ物というのは味そのものだけではなく、思い出や心情もいっしょに味わっているのではないかと思います。

荒縄に牛肉一塊くくりつけゆふべ訪ひきぬ野男五人　『北方論』時田則雄

豪快な晩餐でしょうね。おそらくこの野男たちは牧畜業に携わっている作者の仲間たちなのでしょう。市場に出荷する肉ではありませんから、荒縄でくくってある。その野趣を作者も共感しながら眺めているのです。

短歌はどうしても抒情性のあるものが多く、まだ平安時代の優雅なしっぽが残っていますから、こうした豪快な男歌はそう多くはありません。ですから、かえって個性的で特色になるのです。

この時田則雄も現代短歌のなかで特色のある位置を占める一人です。

そら豆の殻一せいに鳴る夕母につながるわれのソネット

『空には本』寺山修司

そら豆というのは小豆などのように乾かして収穫するものではありません。ですから、乾いた音がするということはないと思います。

しかし、そら豆と母との繋がり、そら豆というなんとなくモダンな感じ、大豆や小豆のような穀物とはまた違ったイメージがあります。それにソネット※という外国の詩の形式をもってくるところなど、寺山修司の現代性があると思うのです。

※十四行で書かれた定型抒情詩。イタリアにはじまり、ルネサンス期に欧州各地に広まった。

切るナイフえぐるスプーン刺すフォークきらきらしくて惨たり食は

『プラチナ・ブルース』松平盟子

洋食器はたしかにぶっそうですね。日本のお箸なら、すべて「挟む」ですんでしまうところですが。切る、えぐる、刺す、などというぶっそうな用語が、食事のときの道具に使われているのです。
もっと考えてみると、肉にしても魚にしても、野菜だって生き物なのですから、こわいです。たんに言葉だけのようですが、人は日常にけっこうぶっそうな言葉を使っていて、なんとも思わずに暮らしているものです。

◎都市

秒速にて昭和を脱ぎてゆくごとし五十階へと運ばるる身は

『しらまゆみ』栗木京子

高層ビル、五十階まで昇るエレベーターにいます。高層エレベーターはとても速い。たちまち五十階についてしまいます。ここではそのスピード感や、つぎつぎと階をあがっていく感覚を昭和を脱ぎ捨てていくようだと捉えています。一階が一年ということなのでしょうか。時間が経つのが速いというだけではなく、昭和を脱ぐという比喩がとてもユニーク。ここには発見があります。

新幹線、ゴンドラ、リフトと乗り継いで労せずにわれは雪山に立つ

『蟻ん子とガリバー』奥村晃作

一変して山ですが、しかしいわゆる登山ではありません。都市化が山まで及んでいるということが言いたいのでしょう。あえて都市の歌として分類してみました。

文明の乗り物を乗り継いで山の頂《いただき》に、しかも雪の積もっている山にも行けてしまう。便利といえば便利なのですが。ここでは山に登った喜びとは違うもの、これでいいのかなあという気持ちが詠まれています。

ドア・ノッカー重厚なるをぶら下げて冬田のもなかは建売《たてうり》矮屋五棟
『東海憑曲集』島田修三

日本の今までの住宅ならばドア・ノッカーなどというものは必要ではありませんでした。今でもチャイムを使うのが普通です。

わざわざドア・ノッカーを取り付けてあるということは、やはりちょっとかっこつけているのではないでしょうか。

冬田のなかにある、つまり郊外というより新開地の、まだ都市ともいえないところにあるのですから、気取っているということでしょう。しかも建て売りですから、そう高級住宅というわけでもありません。それに加えて作者は追い討ちをかけて、建て売りに「建売矮屋」という字を当てています。はっきり言って、たいした家でもないのに、ドア・ノッカーなんか取り付けちゃって、という気持ちでしょう。しかも五棟もです。おそらく同じ形の家が並んでいるのでしょう。狭い土地にひしめき合っているのでしょう。商売のためのものでしょうが、はっきりと批判をしています。

こうした批判を正面に押し出すようになったのも、現代短歌の一つの生き方です。

文明が丘の彼方に競い合う丈《たけ》つつましき新宿の街　『甲州百目』三枝昂之

「戦後五十年」というタイトルがついています。東京はどこも変わりましたが、そのなかでも新宿がいちばん変わったかもしれません。新宿には高いビルが林立しています。それを文明が競い合っている、と捉えたのです。

作者の三枝は昭和一九年の生まれ、ちょうど戦後を生きてきたことになります。その時間の観念がひとつの感慨を生んできたと思うのです。「丈つつましき」という表現のなかに、なんともいえない思いを感じます。

神田川の潮ひくころは自転車が泥のなかより半身を出す　『いらかの世界』大島史洋

神田川は東京の中を流れる、典型的な街の川です。もちろんきれいとはいえません。しかし昔から生活の川、身近な川だったのです。そして、なんと、東京というところは案外、海に近い都市なのです。潮が引く時間になると水嵩《かさ》が減るのです。水嵩が減ると、今まで隠れていたもろもろのものがあらわになってきます。

たぶん、棄てられた自転車なのでしょう。どういう事情で棄てられたかはわかりませんが、確実にここには生活があります。自転車を棄ててはいけないというような批判ではなく、あるがままの東京という街の有りさまを描き出しているのです。

◎その他

人も馬も渡らぬときの橋の景まこと純粋に橋かかり居る

『密閉部落』齋藤　史

橋は、当然ですが人が渡るためのものです。しかし時として、誰も渡っていないときがある。その時を摑まえました。普通「在る」というのは目に見えますから摑まえやすいのですが、「無い」というのを自覚するのはむずかしいものなのです。

誰も渡っていないということを「純粋」だと感じた作者の感性もすごい。あるがまま、というのとも違うでしょうか。すこしのんびりした顔をして横たわっていたのでしょうか。

人ばかりでなく馬も渡るというのですから、すこし前の時代、しかも多少田舎の景色でしょう。あまり頑丈な橋ではなく、木の橋かもしれません。木造の建築物にはなんとなく心が寄っていくものですから。

意志表示せまり声なきこえを背にただ掌の中にマッチ擦るのみ

『意志表示』岸上大作

安保闘争の最中。意志表示を迫られている、といっても、誰にというのではなく、自分が決断しなければならないところへきているのでしょう。

しかし、まだ決断できない。その苦悩を掌の中でマッチを擦るだけ、つまり、本題にかかわることはなにもしない、できないでいるのです。

このころは煙草を吸うときはマッチを使いました。そこにも時代感覚があります。

竹は内部に純白の闇育て来ていま鳴れりその一つ一つの闇が

『夏の鏡』佐佐木幸綱

竹には節があります。その節の中は開けなければたしかに闇であろうと思います。そこが発見です。そして※篁《たかむら》が風で鳴っているのでしょうが、闇が鳴っているという表現になっています。ここは主観です。作者がそう感じたことを率直に、ストレートに言っているのですが、事実だけを言えばいいというのではないことがわかるでしょう。

※竹やぶのこと。

夕闇にまぎれて村に近づけば盗賊のごとくわれは華やぐ

『子午線の繭』前　登志夫

前登志夫は吉野の山中に住んでいました。

遅く帰ったのでしょう、山村ですから夜が早い、村人が早くも寝ようかというころ帰るのは盗賊みたいだというのですが、華やぐと言っていますから、それを楽しんでいます。村人に同化するのではなく「反」なのです。体制や慣習から外れた行動をとったとき、かえって楽しいというのは若者特有のものです。

ルナアルの「博物誌」一冊あてがわれ置き去られたるわれとこがらし

『牧歌』石川不二子

※ルナールの『博物誌』を戸外で読んでいたら夕方になってしまった情景がうかびます。「置き去られた」と言ってはいますが、誰かに置きさられたということでもありません。

石川不二子は農業学校の学生でした。ルナールというあたりに知的な学生の雰囲気が出ています。

※フランスの小説家。代表作に『博物誌』『にんじん』がある。

輸入されし子牛ののちの三年は和牛の味となるためにあり

『いらかの世界』大島史洋

いま日本には、和牛と日本産の牛、という分類があるようです。輸入牛でも飼育の仕方で三年間たてば和牛として出荷できる。

和牛というと、日本で産まれ日本で育ったかと思うと、そうではないのです。それを皮肉って言っています。現代の社会への批判です。

いにしえの王《おおきみ》のごと前髪を吹かれてあゆむ紫木蓮《もくれん》まで

『紫木蓮まで・風舌』阿木津　英

言っていることは単純です。木蓮の咲いているところまで歩いた、それも昔の王のように垂《た》らした前髪を風に吹かれながら。ここでは王のような、というところがポイントです。髪形がそうだと言っているのですが、形だけではないのでしょう、気持ちもそんな感じで堂々と、胸を張っているような気がします。

フリュートのやはらかに溶く光と風と　断念はなほ愛のごとしも

『地球追放』井辻朱美

フリュート、光、風、そうした言葉のなかから生まれる雰囲気、さわやかな五月のような雰囲気です。そして後半は突然「断念は」と展開する。

前半と後半とはとくに関係はありません。まったく違った展開にして、読者に解釈をまかせているのです。

また、このような歌は解釈ということは不可能です。前半のような光景のなかで、後半のようなことを考えた、ということでもいいでしょう。断念というものが愛のようだという比喩の意外性を楽しむ、ということでもいいでしょう。

ひきだしのおくより出ずるメモひとつその断片に過去けぶりたつ

『怪鳥の尾』小高　賢

何かの拍子に、思いがけず、引き出しの奥からメモが出てきました。もう忘れかけていたものだけれど、よくよく見ていると、ああそうだあのときの、あのメモだとわかってくる。そのメモが出てきて、メモの書かれたときの状況、そのときの自分、あるいは相手、そんなもろもろのものが紐を引っ張るように浮かんでくる。

それが過去というものでしょう。鮮やかに浮かんで、思い出されます。

といっても、やはりかなり前のこと、けぶりたつようにしか浮き上がってこない。そのことについても、あやふやになっていく時間というものや、自分を通過した時間を考えます。

日常には、ちょっとしたきっかけでたやすく過去へ戻ってしまうスイッチがあります。それを捕まえるのも歌うきっかけになるのです。


かき抱くものは花屑《くず》ばかりにてみなかたちなきひと世の恋も

『水幻記』大野誠夫

かき抱くもの、いったいなんでしょう。胸に抱いた大事なものが、一生の終わりに考えてみると、花屑ばかりだったという無念。花そのものではなかったという悔やみ。

そう考えてみると、あんなに真剣だった恋も、花屑だったかもしれない。そんな感慨がよぎったのでしょうか。

むなしさのただよう歌ですが、無常観と結びついて、案外と共感を得るのではないでしょうか。

たいらけくひとしきという概念を大笑いせよ遠阿蘇の嶺　『天の鴉片』阿木津 英

この世は平等だ、とたやすく言ってしまいます。しかし現実には不平等がいたるところにあります。概念や学校で教える教育とかけ離れたところに現実はあるのです。この作者はそれを痛切に感じています。

「大笑いせよ」は哄笑《こうしょう》ですが、あるいは嘲笑《ちょうしょう》でしょうか。平等だという概念なんかとんでもない、あると思っているほうがおかしいと。

作者は熊本に住んでいました。ですから、遠く阿蘇の嶺が見えたのでしょう。どんと動かない大自然。大自然にとって平等だの非平等だのという概念なんかありません。それは人間界だけの話ですから。人の世に矛盾を感じての作品です。

細々とキャベツを刻むたゆたへる思ひも共に刻みゐるなり　『紅梅坂』稲葉京子

女性の歌人には台所の歌が多いようです。一日のうち台所にいる時間がけっこう長いので歌の材料も多くあるということでしょう。素材が身近なこともあって、読者にストレートに伝わることが多いようです。

また、料理、食べ物は命の根源ですから力強さがあります。

キャベツを刻んでいる、千切りでしょう。千切りのような細かい仕事をするときには神経を集中させます。すると、たゆたっている自分の感情まで刻んでいるようだというのです。細かい仕事ですが、馴れた仕事でもあります。神経は集中しているといっても案外ほかのことを考えていたりするものです。

ほんのちょっとした心の動きを掬《すく》って一首にまとめています。

きょうとおんなじ明日など来るなごしごしとくたびれた靴の埃を落とす

『葦牙』永井陽子

今日も無事、明日も同じように平安な日であるようにと願うのが年配者の願いです。若い人にとっては同じであることが我慢ならないのです。

ここでは二通りの解釈ができます。今日がとてもいやな日だったから、こんな日がまたきては困る。もう一つは、別にいやな日だったわけではないが、同じではつまらない、変化がほしい。若いときは変化を期待するものです。

わたしは後者のほうをとって、なにか波瀾に富んだ日々を期待している若さ、というように解釈して楽しんでいます。

しかし、作者は前者かもしれません。なぜなら、「くたびれた靴の埃を落とす」と言っています。どう考えても楽しそうではない、疲れているようです。あるいは一日が徒労だったというような日だったのかもしれません。

いずれにしても、前半の否定形で詠まれた情景はたいへん強いもので、インパクトを持っています。

不燃布という布ありてああついに炎《ほむら》だたざる哀しみもある

『東京哀傷歌』藤原龍一郎

現代というのはいろいろな新しいものが出てきます。燃えない布というものがあるのですね。たとえば消防士が着るとか、なにか使い道があるのでしょう。必要があって作り出されたものなのでしょうが、燃えないというのも不思議です。

今までの概念ですと、盛んなことを「燃え上がる」などと言ったりしました。比喩として使ってきたのですが、こうなると、炎が出なくとも盛んだということはできるわけで、今までの常識が通用しなくなってしまうわけです。

炎だたざる怒りでもいいし、炎だたざる喜びでもいいのですが、不燃布というものに、なにか哀しみを見いだしているのです。

針と針すれちがふとき幽《かす》かなるためらひありて時計のたましいひ

『びあんか』水原紫苑

時計の長針と短針が重なり合うときがあります。そのとき、なにか交歓のようなもの、なにかひらめきがある。

そう感じた感性はシャープです。これは理屈ではありません。感覚ですから、解釈の要はないでしょう。

金賢姫《キムヒョンヒ》マイクの前にうつむけば二つの国家絶壁をなす

『戸塚閑吟集』岡部桂一郎

北朝鮮の工作員だとされている金賢姫。事件のあと、記者会見がありました。痛痛しい感じでしたが、どんな思いであったのか俯《うつむ》いたままでした。

立場上はっきりしたことは言えなかったのでしょうが、たんに個人の問題ではなく、国家の対立なのです。

もし、口を開いてすべてを話してしまうと困る国があり、なんとかしゃべらせようという国があり、双方が一人の女性を巡って対立していたのです。それを「二つの国家絶壁をなす」と表現をしたのです。絶壁という言葉を得られたということが成功の鍵になったと思います。

童貞のするどき指に房もげば葡萄のみどりしたたるばかり

『未青年』春日井　建

たいへんエロティックな作品です。童貞というような言葉も斬新で、インパクトを持っています。

これも前衛時代の作品ですが、近代短歌とはまったく違った世界があると思います。

つながれし自由といえどはればれと睦月の空に凧《たこ》が遊べる

『射干』久々湊盈子

凧ですから、糸がついている。ですから、完全な自由ではないのです。しかし見ているといかにも自由に、いかにものびのびと泳いでいる。だから遊んでいる、という言葉で捉えたのでしょう。

これも深読みができます。自分（作者）に引き換えて読むこともできます。

人間は誰でも完全な自由なんかありえないでしょう。何処かでなにかに繋がれていますし、縛られているものではないでしょうか。

おそらく自分も繋がれている、と感じている。時に窮屈に感じているのですが、それでもゆうゆうと飛ぶこともできるんだなあ、と思いながら凧を見上げているのでしょうか。

誰かうしろになみだぐみつつ佇つごとし夕ぐれが桜のいろになるころ

『空合』花山多佳子

夕暮れが桜色になる、それも比喩です。美しい情景で、しかも桜という具体的なものがあるので、色だけとはいえ、イメージしやすいと思います。

さらに、誰かが背後で涙ぐんで立っているようだ、というのです。「涙ぐみつつ」という比喩がたいへん意外性があっておもしろい。

なんという場面でもないのです。ただ夕方の雰囲気を表しているのですが、実はこういう歌は作ろうとしてもなかなかできません。具体的に何がどうしたというのはなんとか形になるものですが、感覚的なもの、雰囲気というものは、思っている以上にむずかしいものです。

孤独なるさまにフィールドに射さりたる槍をひとときテレビは見しむ

『波濤遠望集』田谷　鋭

陸上競技の槍投げです。投げたら槍が地面に突き刺さる。テレビは投げた選手から移って槍を映し出す。そのとき人間から離れてしまっていますから、孤独に見えたのです。孤独に見えた、これは主観ですが、十分に説得力を持っていると思います。スポーツ競技でも選手を中心に歌うことは多いのですが、投げられた槍をテーマにしているのは珍しい。その視点の新しさ。素材の新しさを見逃せません。

馬鹿げたる考へがぐんぐん大きくなりキャベツなどが大きくなりゆくに似る

『この梅生ずべし』安立スハル

歌としてちょっと破格です。リズムが通常でいえば良くありません。散文的です。しかし、それが独特の味わいになっていることも事実なのです。不思議なものですが、完成してしまうとそれが長所になってしまう。そこが魅力になってしまうのです。おそらく、発想がユニーク、比喩がユニークなので、形もユニークであることを認めてしまうのでしょう。

信濃恋いまたしんしんと湧き出でて遠信濃恋いはてしもあらず

『右辺のマリア』田井安曇

「信濃恋い」は「信濃を恋う」ではなくて、「母恋い」のように名詞です。「信濃恋い」はつまり望郷です。作者は埼玉県に住んでいます。ですから、信濃は特別に遠いというほどのこともないでしょう。ここの「遠い」という意味は、距離ばかりではない、心情的なものも入っていると思います。

また、これも深読みですが、現在の信濃ではなく、両親のそろっている、あの信濃、という意味にとれます。その土地にまつわる人たち、時間、そんなものがすべて含まれて、しかもときどき、わっと湧きあがるような、望郷だと思われます。

フセインを知らざるわれはフセインと呼ばるる画像をフセインと思ふ

『マテシス』香川ヒサ

イラクのフセイン大統領は湾岸戦争のころ、毎日のようにニュースに映っていました。考えてみれば本人を知らないわけですから、フセインだといわれてテレビに映されている人物を、何の疑問もなくフセインだと思っているわけです。

実はこういうことは情報社会のなかにはいくらでもあることなのです。テレビや新聞を疑うことはない、今の社会の盲点を指摘しているのです。「われは」と言ってはいますが、もちろん他者に対する投げかけです。つまり読者に、あなただってそうでしょ、疑いを持ってないけど、と言っていることになります。

嶮《さが》しみと夢さへに見し鎖場を滞り無くつたひ降りきる

『魚雨』片山貞美

作者はしばしば山登りを楽しんでいます。険しいだろうなと思って躊躇していた、あるいは憧れて、いつかは登って見たいと思っていた岩場です。鎖で登らなければならない険しいところ。しかし、いざ行ってみると無事に行ってこられたのです。「降りきる」と言っていますから、無事に降りられてほっとしているのでしょう。そして充実感も味わっているのでしょう。

山の頂上からの景色を、風景として歌うことは多くあります。しかし、山登りなどの動きの大きいものはなかなか歌になりにくいものです。ていねいな描写でみごとに表現しています。

芹《せり》摘みて土筆《つくし》を摘んで惜春の白雲一片《はくうんいっぺん》仰ぎて帰る

『忘八』石田比呂志

芹を摘んだり、土筆を摘んだり、空を見上げたりして一日を過ごした。のんびりして帰ったという歌ではあります。鑑賞としてはそれだけでもいいのですが、何となく皮肉な響きもあります。

都会であくせく働いて、季節を感じることもなくなってしまった現代人に対しての批判のようにも開こえます。おそらくこういう情景がとても少なくなってしまったことで、こんなに長閑《のどか》なことがあるだろうか、と思いがちだからです。
また、たんにピクニックの場面だったら並列がすこしていねいすぎる感じもするからです。

水色の羅の袈裟まとえばおのずから風立つ心に晩の経誦す　『月食』大下一真

作者は鎌倉の瑞泉寺という禅寺の僧侶です。朝晩お勤めをしなければならないわけですが、夏はやはり厳しいものがあるのでしょう。羅とは薄物、夏物の衣のことです。水色の夏の袈裟をまとうと何となく涼しげで、身もきりっとしてくるというわけです。「風立つ心」と言っているところが爽やかな感じです。

テーマもそれぞれですが、歌い方もそれぞれ、さまざまな形の歌があるのがわかると思います。どれがいい、悪いということはないのです。そのテーマにふさわしい表現というものを生み出すことです。

どの歌もたいへんシンプルなのがわかると思いますが、たった三十一音ですから、ことがらはたくさん入りません。単純なことを述べて、大きなことを匂わす、大きなことを感じさせ考えさせる、読者に推測させるような余地を与えるということです。ですから、言葉ですべてを言う必要はないのです。

先人の歌は一つの見本です。

たとえば、オリンピックの体操種目のウルトラDやEも、初めに編み出す人はとてもたいへんで何年もかかったりしますが、一度できて、みんなができるようになると、それを見ていた高校生でもできてしまう。

それは手本として誰かがやっているのを目で見ているから、自分の演技もイメージしやすいためです。良い歌をたくさん読んでいれば、リズムや言い回しの工夫が身についてきます。書道でいえば、創作書を書くのには臨書も必要だということです。良い歌を読むことはとても大事です。

第六章 表現の形

もちろん短歌は、五七五七七定型です。これが基本です。しかし細かく見ていると必ずしも定型でない歌もたくさんあるのです。非定型といったり破調といったりする作品もあります。また文語文法を使った歌、口語文法を使った歌、さまざまです。また表記もいろいろです。現代は活字で印刷されることが多いわけですが、どういう字で書くかということです。日本には漢字、平仮名、カタカナがあり、また現地の言葉を、たとえばアルファベットで記すこともできます。さまざまな形の歌を鑑賞しつつ作歌の参考にしてみてください。

◎定型の歌

ちる花はかずかぎりなしことごとく光をひきて谷にゆくかも

『湧井』上田三四二

まずは定型の歌。五七五七七にきちっと収まっている歌です。意味のうえでも句の切れ目のうえでも、きちんとした定型を守っています。

花といえば桜の花。言わば花吹雪《ふぶき》ですが、「花吹雪」という既製語《きせいご》を使っていません。しかし、目に見えるような情景です。

花びらの一つひとつが光りながら谷に落ちていく、実に壮観です。そして、音のない静謐《せいひつ》な世界です。

河馬《かば》の子と生まれきたりて怪しまじ親とならべる河馬の子の顔

『虚』 橋本徳寿※

微笑ましくユーモラスな歌です。

子どものころ、誰かの容貌を揶揄《やゆ》して、「河馬！」と言ったりしました。河馬の子どもは河馬の親から生まれて河馬の顔になった、なんの不思議もないのです。

人間にとって、河馬はこっけいな顔にうつるのですが、河馬にはそれがあたりまえです。もしかしたら、河馬から見たら、人間は奇怪な容貌かもしれません。

親と同じであるということが子どもにとって安心。これって真理《しんり》です。私たちも親と同じ顔だから安心して生きられるのです。

「河馬」という言葉を二度使って強調しています。

※はしもととくじゅ　一八九四年（明治二七年）～一九八九年（平成元年）。神奈川県生まれ。石川啄木を読んだのが歌の道に入るきっかけとなった。

◎非定型の歌

少年貧時のかなしみは烙印《らくいん》のごときかなや夢さめてなほもなみだ溢《あふ》れ出《い》づ

『百花』坪野哲久

「少年貧時の」「かなしみは烙印の」「ごときかなや」「夢さめてなほも」「なみだ溢れ出づ」、一応、この辺が句切れかな、と思うところで分けてみました。意味の切れ目とは違います。

「少年」を何音に数えていいかわかりませんが、音数は各々、九・十・六・八・八でしょうか。どの句も定型ではありません。

それでは自由律かというと、そうでもありません。ある律を持っています。

子どものころの貧しさは烙印のように自分から離れない。その悲しい子どものころの夢を見たのでしょう。夢からさめても、ああ夢だったではすまない、自分にとって、貧しさがどんなに心を占領していたか、そのことに心が震えたのです。

坪野哲久はプロレタリア文学運動にかかわってきました。人間の生き方をその視点から見つめてきた作家です。

あるときの部屋は檻《をり》にて老いしわれ右を見、左を見、首をあげ、首を垂れ

『花酔』鈴木幸輔※

作者は病気で寝ています。檻のなかにいるように外出ができない。ただ一つ、できるとすれば、右を見たり左を見たりすることだけ。行動範囲の狭《せば》まった人の状態がひじょうに的確に表現されています。

前半はほぼ定型ですが、後半、「右を見、左を見、首をあげ、首を垂れ」の音数はそれぞれ四・五・五・五です。あえて、四句、五句とすれば、九・十音ということになるでしょうが、やはり非定型で、どれを一句とするか定かではありません。

こうした非定型の歌は自分で作ってみると、案外、むずかしいものです。非定型でもリズムは絶対に必要だからです。

※すずきこうすけ　一九一一年（明治四四年）～一九八〇年（昭和五五年）。秋田県生まれ。白秋に師事し上京。「長風」創刊、主宰する。歌集に『谿』『みづうみ』『長風』など。

◎自由律の歌

野は青い一枚の木皿だ、吾等を中心にして遠く廻転する

『水源地帯』前田夕暮※

自由律は非定型よりもっと自由です。リズムは必要ですが、定型のリズムではなく、それぞれの歌のリズムでいいわけです。短くても長くてもかまいません。

昭和のはじめには自由律が盛んでしたが、現在ではそう多くの人が作っているというわけではありません。

「野は青い皿だ」という発想はスケールが大きく、古典の短歌にはない新しさがあります。夕暮はこの時期、自然を感覚的にとらえて数多く歌っています。

※まえだゆうぐれ　一八八三年（明治一六年）～一九五一年（昭和二六年）。神奈川県生まれ。自然主義を掲げ「詩歌」を創刊し、「明星」の浪漫主義に対抗した。

◎文語の歌

人恋ふはかなしきものと平城山《ならやま》にもとほりきつつ堪へがたかりき

『花のかげ』北見志保子※1

「もとほる」は「回る」、つまり、平城山[※2]あたりをさまよい歩いているのです。やるせない感情で。

ほかのジャンルでは、文語を使って文章を書いている人はほとんどいません。短歌と俳句だけは今でも主流は文語です。歴史的な文法を使っているのです。

ここに例として出したのは近代の歌ですが、現代でも、そしてとくに探さなくても多くはこの形です。

※1 きたみしほこ　一八八五年（明治一八年）～一九五五年（昭和三〇年）。歌人。高知県生まれ。「女人短歌」創刊にかかわった後、「花宴」を刊行、主宰する。抒情的な歌を多く詠んだ。

※2 京都府と奈良県の境にある丘陵のような低い山。近くには浄瑠璃寺や岩船寺などがある。

瓶にさす藤の花ぶさみぢかければたたみの上にとどかざりけり

『竹の里歌』正岡子規[※]

瓶《かめ》に藤の花が活けられています。作者は病気で寝ています。ですから、視点が低いのです。低い所から見ているので、畳に藤房が届いていないということが気になっている。

この歌はいろいろ解釈されていますが、読者がどのように解釈してもかまいません。私は「届かない」という無念のような、せつなさのようなものを感じます。

※まさおかしき　一八六七年（慶応三年）～一九〇二年（明治三五年）。俳人・歌人。愛媛県生まれ。近代俳句の祖。明治初期に俳句・短歌の革新運動を興した。著書に『歌よみに与ふる書』『病床六尺』などがある。

◎口語の歌

今日までに私がついた嘘なんてどうでもいいよというような海

『サラダ記念日』俵　万智

普通「口語」とは現代語のことをいいます。歴史的な文法にのっとった文章ではなく、現代の文章ということですが、ここでは特に会話、あるいは日常語を使った歌をあげてみました。

短歌は現代語であっても、やはり文章語であるはずなのですが、「嘘なんて」の「なんて」、「どうでもいいよ」は日常、私たちが使っている会話の言葉です。

この日常語が読む人にたいへん親近感をもたせるようで、若い世代に人気があります。短歌がむずかしいものではなくて、誰にでも作れる、誰にでもわかるものだという印象を与えたようです。

◎漢字の歌

白日下変電所森閑碍子無数縦走横結点々虚実　『球体』加藤克巳

「はくじつか　へんでんしょしんかん　がいしむすう　じゅうそうおうけつ　てんてんきょじつ」と読みます。

漢字ばかりですから、漢文とまちがえた方もいるかもしれませんが、白日のもとで変電所が森閑として静か、電線を繋《つな》ぐ白い碍子が無数に繋がっていて、縦に走っていたり横にも繋がっている、それが点々と見えて、遠くに行くにしたがって形が見えにくくなっていく、というのです。漢字ばかりでむずかしいようですが、写実的で風景が鮮明に浮かぶでしょう。現代短歌の幅の広さが感じられるとおもいます。

◎ひらがなの歌

かすがの　に　おしてる　つきの　ほがらかに　あき　の　ゆふべ　と
なりに　ける　かも　『鹿鳴集』会津八一※

反対に、ひらがなばかりの歌。

会津八一はすべての作品をひらがなで表記しています。ひらがなばかりというのは、案外、読みにくいものですから、句またがりや、字余りは使えない。きちんと、五・七・五・七・七になっていないと読みづらいものです。

漢字かな混じりで書くと、

「春日野におし照る月のほがらかに秋の夕べとなりにけるかも」

奈良の春日野に月が出て爽やかな秋の夕べになったなあ、という意味です。

やはり、奈良・春日野と月・秋は風情《ふぜい》があります。ひらがなばかりは読みにくいので、ゆっくり読むことになります。

短歌を読むとき、どうしても意味だけを解釈して、すぐ通りすぎてしまいますが、ゆっくり読んでもらうことで、しみじみとした味わいにもなるのです。

「ほがらかに」は朗らかな人などと使うのとは違います。明らかとか、はっきりしているようすをいいます。

※あいづやいち　一八八一年（明治一四年）～一九五六年（昭和三一年）。新潟県生まれ。美術史家・歌人・書家。東洋美術の研究者としても優れた業績を上げた。また、書は今も愛好者が多い。歌集に『山光集』『寒燈集』など。

◎カタカナの歌

カットグラスノキラメクハエスプリノハナアタラシキアキカゼデアル

『球体』加藤克巳

こんどはカタカナです。

「カットグラス」、「エスプリ」※という言葉が出てきます。新しい秋風とも言っています。そのひんやりとした爽やかさ、カットグラスの鋭利さなどをあらわすためにカタカナが使われているのです。漢字は格調高く雄々しく、ひらがなはやさしく、そしてカタカナはシャープな感じを与えます。

※esprit。フランス語。「精神」、「機知」などの意味。

◎外国語表記の入った歌

Single again は alone again　サイダーの空瓶《から》に挿《さ》したるコスモスの花

『風の婚』道浦母都子

再びシングル、独身に戻るということは、再びさみしくなることなんだ、というわけです。そして、その心情が後半で生かされています。

コスモスの花もけっして豪華な花ではありません。しかも、サイダーの空きビンに挿している。花瓶に挿していないということで、このときの心理を表しています。外国語表記は日本語よりわかりづらいですから、ストレートにはこない、この「間《ま》」のようなものが微妙に表されます。

扉《ドア》の向うにぎつしりと明日　扉のこちらにぎつしりと今日、Good night,my《すみ》 door!

『土地よ、痛みを負へ』岡井　隆

抽象的な歌ですが、しかし鮮明なイメージを持っています。一晩寝れば、そこには明日があるのです。

「ドア」とは夜のことでしょうか、時間の比喩でしょうか。結句を日本語で「おやすみ」と言ったのでは甘くなってしまいます。

かつて和歌と呼ばれた日本独特の短詩に、現代ではこのように英語や外国語が使われるようになってきたのです。

歌は意味を伝えればそれでいいということではありません。感覚や雰囲気、あるいはその場の空気の流れや手触りを伝えることもあります。そのとき、漢字を使うか、ひらがなを使うか、あるいはカタカナ、あるいは外国語のスペルをそのまま使うかで、雰囲気、ニュアンスが違います。

世界中、見回しても、こんな便利な言語を使っている国はありません。漢字、カタカナ、ひらがな、ルビ、おまけに外国語をそのまま日本語のなかに入れてしまっても違和感がありません。ずいぶん弾力性のある言語です。

◎会話体の歌

綿飴かい　うんにゃ、ひとだま　石垣をふはり越ゆるはほんに美味さう

『雨たたす村』　小黒世茂

日常語の会話体の歌はけっこう多いものです。この作品は会話であると同時に方言でしょうか、すこし年配の方のようでもあります。「綿飴かい」「うんにゃ」という対話です、「うんにゃ」は、否という、違うという意味でしょうが、会話のなかでは「うんにゃ」と聞こえる。音をそのまま表した面白さ。何となくそこに居るような臨場感があります。これは熊野のほうの歌ですので、ひとだまも、何気なく語られていてそれも面白いです。

「嫁さんになれよ」だなんてカンチューハイ二本で言ってしまっていいの

『サラダ記念日』俵　万智

一世を風靡《ふうび》した歌です。カッコのなかの言葉は恋人の言った言葉だとすぐわかりますが、全体が会話体になっているのです。そんなこと言っちゃっていいの、という問い返しです。二重に会話が入っているのです。

カンチューハイ二本で言う、というあたりに省略があります。その程度のお酒を飲んで、飲んだ勢いで人生の大事なことを決めていいの、ということですが、二本飲んだくらいというようなところは、つまり読者に任せてあるのです。

日常の会話ですから、省略しても伝達はします。その省略は読者を信じるところからできることなのです。

◎固有名詞を使った歌

日なたにて干し柿くひぬ干し柿は円谷幸吉の遺書にありしや

『日々の思い出』小池　光

円谷幸吉《つぶらやこうきち》はかつての東京オリンピックのマラソンで三位に入賞した選手でしたが、その後責任の重圧に耐えかねて自殺したのです。この遺書が有名です。お世話になった方の名前をあげて、いただいた食べ物一つ一つにおいしゅうございました、と記してあったのです。

そのなかに干し柿はあっただろうか、と干し柿を食べたときに思ったのです。食べることと死が、こんなに近くに置かれているとドキッとします。

円谷幸吉が固有名詞。この名前を知らないと理解できませんが、知っていると説明をしなくても意味が伝わるので、内容が深く、三十一音という限りのなかでも、もう一つの世界まで広げたような深さを持ちます。

円谷を知らない人もいるので、そのときは読者を限定することにはなるでしょう。

たつぷりと真水を抱きてしづもれる昏《くら》き器を近江《あふみ》と言へり　『桜森』河野裕子

近江《おうみ》は琵琶湖のこと。ついでに言うと、遠江《とおとうみ》は浜名湖のことです。つまり、当時の都、京都から近い所の淡水の湖、遠い所にある湖、というわけです。

琵琶湖はたっぷりと真水が満ちていて静かな湖です。琵琶湖の本質をみごとに表現しています。

作者は京都に住んでいました。二〇一〇年に六四歳の若さで亡くなりましたが、日々、琵琶湖を身近に感じていたのでしょう。歌としてもたっぷりとした豊かさがあります。

◎句またがりの歌

夕焼けの赤に吸われて透明の羽根より溶けてゆけあかとんぼ

『望郷篇』浜田康敬

下の句、音数からいけば、「羽根より溶けて、ゆけあかとんぼ」ですが、意味からいけば、「羽根より溶けてゆけ、あかとんぼ」です。

これを句またがりといいます。一つの言葉が二つの句にまたがっているということです。

赤とんぼの、あの透明な羽根は、いかにも、「夕焼けに溶け込んでしまえ」と言いたい感じです。感覚的で、透明感のある歌です。

わが愛するものに語らん樫の木に日が当り視《み》よ冬すでに過ぐ

『冬すでに過ぐ』前田　透※

意味では「わが愛するものに、語らん」と切れますが、ここでも初句の言葉が二句に入り込んできています。

樫の木に日が当たってきた、もう冬ではなくて春なんだよ、と春になるよろこび、生命のよみがえりを、愛する人に向かって、励ますように言っています。

※まえだとおる　一九一四年（大正三年）～一九八四年（昭和五九年）。東京生まれ。父は前田夕暮。「詩歌」を父から受け継ぐ。

定型というと形が決まっているかのような印象を受けますが、実は、歌の形はさまざまです。こうでなければならないというものはありません。まずは自由に、そして思い切って、自分の表現したいことを言葉にしてみることです。

第七章 添削例

原 バスに乗り生き甲斐にせる農園を持ち主逝きて畑を返す
添 バスに乗り耕しに行くを生き甲斐にせし友逝きて畑を返す

最近、家庭菜園が流行《はや》っています。高齢者のなかには、それを生きがいにしている方がいるのでしょう。

「バスに乗り」が文章としてどこへ繋がっていくのかが曖昧《あいまい》です。「農園」と「畑」が同じものを指していますから、重なっているということになります。「持ち主」は、耕していた人のことでしょうが、返したのですから、本当の持ち主は返された人、ということになって、これも明確ではありません。

文章としてスッキリとしたものにしてみます。まだ完全ではありませんが。

原 沈黙が平気でいられる間柄ひと言もなく夕餉※が終わる
添 沈黙が平気でいられる間柄ひと言もなく夕餉を終える

結婚して何十年もたってしまうとあまり話すこともなくなってしまうようです。多少さみしいですが、黙っていても気にならない、それも年輪でしょう。親しさの尺度でもあります。

結句、「夕餉が終わる」と「夕餉を終える」はどう違うでしょうか。「終わる」は自然に終わったということ。「終える」は自分たちの行為として終わらせた、という意味合いになるでしょうか。

後者のほうが、実際に近いのではないでしょうか。自分たちは（無意識ですが）無言で食事を終わらせたのですから。

※夕べの食事、つまりは夕食のこと。

原　**朝になり雨戸繰るたびブナの木の白い切り株眼を射るごとし**

添　**朝なさな雨戸繰るたびブナの木の白い切り株眼を射るごとし**

初句、最初にくる言葉はたいせつです。導入部ですから、一首の印象を決めてしまいます。「朝になり」は少々散文的です。歌は韻文です。やはりどこか日常とは違った、落ち着きがほしいものです。

また、「朝になり」では、その日一回のことになります。「繰るたび」というのですから、何回も、です。そのつど目に入るのですから、毎朝ということでしょう。「朝なさな」は「朝な朝な」の略、つまり毎朝ということです。

原 **得意げにほおずき鳴らす少女の夏未知の扉を開くがごとく**

添 **未知の扉開くがごとく得意気にほおずき鳴らす少女の夏は**

ほおずきを鳴らすのは案外むずかしいものです。それができると、偉くなったような気がして、得意なものでした。未知の扉を開く、というのはむずかしい技術をマスターした、一歩成長したということでしょう。

上の句と下の句を入れ替えてみました。原作は「夏」で切れているので、後半の「未知の扉」が何なのか、すぐには結びつかないのです。入れ替えると、ずっとわかりやすくなります。

原 **飛行機に筍《たけのこ》二本持ち込みて秘密のごとくそっと足元に**

添 **飛行機に筍二本持ち込みて秘密のごとく足元に置く**

結句の座りが悪い。やはり「置く」という言葉を省略せずに、完成した文章にしたほうがいいでしょう。そうなると、音数が多くなりますから、どこかを省きます。

どこか無駄はないかと考えます。「秘密のごとく」と「そっと」は似ていませんか。

「そっと」は誰にも気づかれないようにということですから、秘密と同じことなのです。どちらかがあれば、それで大丈夫です。

原 **鳴きまねがうまいとはいえ百種もの真似はすまいに百舌《もず》と呼ばれて**
添 **鳴きまねがうまいとはいえ百種もの真似はできまい百舌と呼ばれて**

なかなか思い切った歌です。百舌なんていうけど、そんなにできないでしょ、というのです。「真似はすまい」と「できまい」では百舌に対する、作者の向かい方が違います。後者は百舌を揶揄《やゆ》していることになりますが、そのほうが歌としてのメリハリがあっておもしろくなるかとおもいます。

原 **早朝に出勤する夫送り出し約三十分間眠るしあわせ**
添 **早朝に出勤する夫送りしのち三十分間眠るしあわせ**

送り出した後、もう一度寝るわけです。「のち」という時間経過を入れたいです。また、「約」は正確にはそうでしょうが、音数が多くなってリズムが悪くなるので、省きます。「約」がなかったとしても、ちょうど三十分ということにはなりません。日常ではそんなに正確には使わないものです。

原 峠だと犬のいのちの宣告を日暮れ間近の待合室で聞く
添 犬のいのちきょうが峠と告げられる日暮れ間近の診察室で

いきなり「峠」と言われると、山のことかと思ってしまいます。何の峠かを説明します。「宣告」、すこし固いです。確かに寿命だと、もう終わりだと言われるのですから気持ちはわかりますが。告げられるのですから、「聞く」はなくてもわかります。こういうところが無駄な言葉なのです。「待合室」で聞くのはどうでしょう、たいてい、診察したときにそう言われるのですから。この作者に伺うと、実際には診察を終えて待合室にいるとき、医者が出て来てそう告げたのだそうです。事実はそうであっても、歌は伝達しなければならないのですから、読者に対してわかりやすいように場を変えることも必要です。

日常には思いがけないことや意外なことが多くあります。そのことがテーマでなければ、わかりやすい情景に置き換えることはよくあることです。「第三者の眼」がこういうときに必要なのです。「詠む」から「読む」へ視点を変えてみるということです。

原 同じ型の弁当ふたつ置く現場に親子の大工は語らず励む
添 同じ型の弁当ふたつそばに置き親子の大工は言《こと》なく励む

大工が励んでいる、というのですから、すでに「現場」だということはわかります。親子で同じ型のお弁当、たぶん奥さんであり お母さんである、同じ人が作ってくれたのでしょう。底のほうでは繋がっている親子。でも、職人は無口なものですし、まして親子ですから、かえって会話をしない。

そういう、ほんわかした場面です。「語る」はどことなく、じっくり話をするという感じです、「言《こと》なく」ですと、ほんのちょっとした言葉も発しない、そんな雰囲気がでます。

原 新緑の影にひそめる奥深き闇のごとしが静もりてあり
添 新緑の蔭にひそめる奥深き闇のごときが静もりてあり

「影」は光が遮《さえぎ》られてできるもの、「蔭」はものかげ、奥のほうの見えにくいところです。この場合は「蔭」でしょう。「ごとし」は終止形ですからここで終わってしまいます。「ごとき」は連体形ですから、「ごとき何々」というように、あとの言葉にかかっていきます。何々にあたる部分がこの作品では省略されていますが。

原 体力も智慧《ちえ》も増しくる一歳すぎの男孫はすりぬけ階段のぼる
添 体力も智慧も増しくる一歳すぎの男孫はすりぬけ階《きだ》のぼりゆく

結句、見ている前で、階段をどんどん登っていくようすを入れたいですね。登っていくというようにすると動きがでて、男の子の元気そうな、エネルギッシュな感じがでます。

原 **小波のたてつつ流る外濠の水面に揺るる石垣の影**

添 **小波を立てて流るる外壕の水面に映る石垣の影**

「流る」は終止形で、そこで切れます。でも、意味は「流れている外濠」ですから連体形にしなければなりません。「流るる」にすると音数が増えるので、「たてつつ」を「たてて」として減らします。

一か所手を加えると、別のところもそれでいいかどうか考えて、必要ならば変えなければなりません。

一首は統一です、調和です。一つの言葉が別の言葉に影響してくるのは当然なのです。一ついじったら、もう一度、全体を見わたしましょう。

原 **咲きほこるカサブンカの枝先の蕾《つぼみ》一つは咲かず朽ちゆく**

添 **誇りいしカサブランカの枝先の蕾一つは咲かず朽ちゆく**

全体にはこれで悪いことはないのですが、「咲きほこる」「咲かず」と、「咲く」が重なっているのがもったいないところです。はじめの「咲く」を取りました。読みはじめに

「ほころ」では、ちょっとわかりにくいので漢字にしてみます。漢字で書くか、ひらがなか、カタカナか、どういう文字で表すかも、現代短歌では大切な要素です。

原 **とげのある盛りつけの皿一つあり形ばかりの家族の夕餉**

添 **皿ひとつとげだつ盛りつけされてある形ばかりの家族の夕餉**

家族といえば温かいもの、でも、時には喧嘩しているときもあるでしょう、そうした一瞬をとらえ、何となく投げやりに盛ってあるのを「棘《とげ》がある」と捉えたところはおもしろいと思います。「盛りつけの皿」より、「盛りつけされてある」というように説明した言い方のほうが自然かなと思います。

原 **福耳といわれ何ら福もなくただ耳たぶ大きだけにて**

添 **福耳といわれて何ら福もなくただ耳たぶが大きいだけで**

二句目はリズムの問題です。「いわれて」というように、「て」を入れました。結句は文語で、いかにも短歌らしく作ってあるのですが、このテーマにとっては、口語のほうがふさわしいのではないでしょうか。おそらく、同じような人はいるでしょう、とても共感を呼ぶ歌ではないでしょうか。

原 ジェット機の音する空を見上げゐて守衛はそっとあくびする午後
添 ジェット機の音する空を見上げゐて守衛がそっとあくびする午後

「は」と「が」の違いだけです。「守衛は」というと、その他の人はそうではないのに、というニュアンスがでてしまうこともあります。ここではそういう比較でなく、「守衛があくびする」というところがおもしろいのですから。

原 わがものと思えど今朝は傘重し「第九」※本番 風邪 春の雪
添 今朝の傘われには重し 春の雪「第九」合唱本番の風邪

「わがものと思えど」って、ちょっと聞いたことがあるような言葉です。傘は自分のものに決まっていますから、必要ありません。いろいろな条件が重なった自分にとって重い、ということを言えばいいのです。

※ベートーベンの交響曲第九番のこと。「合唱つき」という副題があるように、第４楽章のクライマックスはオーケストラと人間の歌声との壮大なスケールの響きが聴く者の心を揺さぶる。

推敲とは、中国の詩人賈島《かとう》が「僧は推す月下の門」という詩で、「推す」がよいか、「敲《たた》く」がよいか、悩んだという中国の故事からきた言葉ですが、どちらがよいか、いろいろな角度から見直すということです。

作者の目から読者の目になる、このときは一人二役です。しかし、自分ではなかなか気がつかない盲点もありますので、誰かに読んでもらうのも一つの手です。

第八章

実用例――自分流に心をこめて作る

プレゼントに添えてメッセージカードを書くことがあるでしょう。単に「おめでとう」だけでもいいですが、ちょっと短歌が添えられていたら、相手もうれしいでしょうし、あなたの株もあがるかも知れません。そんなときの例として作ってみました。決まりはありませんから、親しさや季節に合わせて詠んでみましょう。

◎結婚する人へ

バルコニーに二脚の椅子あり乙女来て青年が来てやがて座りぬ
テーブルの上のりんごがふいに香りやがて部屋中が輝きはじめ
いつしかに呼吸《いき》があい歩幅があっていたそれで充分歩いてゆける

一首目、神様の決めた二つの椅子がある、そしてそこに座るべくして座った二人、という設定です。

二首目、りんごが香る、そして周りを明るい光で包んでいく、本人だけでなく周りにも幸せが満ちていく。女性側のご両親向きでしょうか。

三首目、贈る側も若い人向きの歌です。口語で元気に、そして飾り気なく。

◎出産祝いに添えて

春の風にのりきてここに芽吹きたる愛《めぐ》し子その子その子愛《めぐ》し子
てのひらに包まれてある牡丹花のいま咲かんとすこのみどりごは
新しき春　あたらしき朝の光《かげ》　新しき空　君の目にはも

一首目、単純にかわいい子、と言っているだけですが、喜びごとは率直でいいのではないかと思います。

二首目、女の子の誕生に限られるかもしれません。牡丹は美人の形容でもありますから。さらに季節を限定するでしょう。

三首目、生まれた子どもにとっては、すべてが新しいはずです。出産祝いは多くは親に対してするものですが、子どもに向けた歌です。

◎転勤・転居する人へ

発《た》ちゆかん君のかたえのまさびしさブーメランのごとまた帰り来よ
花さかば花に託さん雪ふらば雪にたずねん君の消息《たより》を
手を振れば手を振りかえす君にしてふいになつかし手を振ればなお

一首目、ブーメランは必ず自分のところに帰ってくるものです。別れてもまた会いたい、またいっしょに仕事がしたいという思いを込めて、転勤する人へ向けての一首です。

二首目、花の季節、雪の季節、それぞれの季節に消息が聞きたい、聞かせたい。つまり、ちょいちょい手紙ちょうだいね、という意味です。

三首目、別れ難い情景を詠んでみました。

◎卒業あるいは入学する人へ

大冊を読了したる充実にみなぎりており彼の面輪《おもわ》は
光るドアをみずから開けて音たかく発ちゆく君よ今朝の凜々《りり》しさ
信号が変われば早も歩き出す君の一歩に心強くす

一首目、学業をなし終えた、ということを膨大な一冊の本を読み終えたような感じだと捉えました。面輪は顔のことです。

二首目、輝かしいドア、音高くというあたりに、新しい希望に燃えた青年をイメージしてみました。

三首目、何かのきっかけでさっと、迷いなく一歩を踏み出せるのも若さのなせるエネルギーでしょう。

◎還暦や古稀などに

ひこばえをめぐりに繁らせいやさかる銀杏《いちょう》大樹となりて君はも

小さき傷浅き瑕《きず》など秘めながら木のテーブルは家族《うから》憩《いこ》わす

こんどは少し年配者に向けて詠みました。それぞれ充実した人生を送ってきたはずですから、そこを強調します。

一首目、ひこばえは木のめぐりに生えた新芽、新しい茎です。銀杏は乳を連想しますから、女性に向くでしょうか。

二首目、木のテーブルは多少の傷なら何でもないくらいの大らかさがあります。そしてその周りで家族は安心して居られる。そういう状況を詠みました。

◎人を送る

とうとつに倒れたる木の大きさを掌《て》に撫《な》でてみつほのかぬくみを

木の梢《うれ》を風わたりゆきその風に従《つ》いてゆきたる君かもしれず

春ですと告げんとしつつ唇はふいにむなしき君亡きのちは

あるいは、いちばん必要性の多い場面かもしれません。人を送る、つまり挽歌です。できるだけその人の特徴を入れてあげるといいのです。

一首目、急逝した人に向けて詠います。ある大きな存在だったという人にふさわしいと思います。

二首目、はかなさ、過ぎ行きというものを本質として据えてみました。

三首目、日常の会話をしようとしたとき、あなたがもういないという不在感。これも季節限定です。

どの場面でも素直に表現すること。相手の特徴をつかむことが大事です。自分流でいいですから、心をこめて作ることです。こんなに伝達の機能を実感することはほかにはありません。

まずは素直に、少しくらい字あまり字足らずがあっても心が伝わる、伝えるということが大事です。そしてもう一つ相手を思いやる、という心さえあれば上手下手はまったく関係ありません。

◎新人賞と応募規定◎

賞	応募規定	封筒の表	締切	賞金	住所
角川短歌賞	未発表作品50首B4判原稿用紙に浄書する。作品表題と氏名を記入した表紙をつける。別紙に本名と筆名・所属誌と短歌歴・生年月日、年齢、性別、職業、住所、電話番号を明記。	「短歌賞応募作品」と朱書する	5月31日	30万円	〒102-0071 東京都千代田区富士見2-13-3 角川学芸出版『短歌』編集部
短歌研究新人賞	未発表作品30首A4判400字詰原稿用紙に浄書する。「短歌研究」誌上の調査票に住所氏名等を記入して同封。	〈新人作品〉と朱書する	6月1日	20万円	〒112-8652 東京都文京区音羽1-17-14 音羽YKビル 短歌研究社「短歌研究」編集部
歌壇賞	未発表作品30首B4判原稿用紙に浄書する。作品表題と氏名を記し、右肩で綴じる。別紙に本名と筆名・所属誌と短歌歴・生年月日、年齢、性別、職業、住所、電話番号を明記。	「歌壇賞作品」と朱書する	9月30日	20万円	〒101-0064 東京都千代田区猿楽町2-1-8 三恵ビル 本阿弥書店「歌壇」編集部

※各賞は年度によって規定が変わることがあります。
詳細は各主催者にお問い合わせ願います。

第二部

読む

鑑賞編

読む

近代・現代　読んでおきたい歌人

近代から現代を通して、ぜひとも読んでおきたい歌人とその作品を鑑賞してみましょう。鑑賞と実作、これは車の両輪のようにどちらも大切です。

◆斎藤茂吉《さいとうもきち》

一八八二年（明治一五年）〜一九五三年（昭和二八年）。山形県出身。「アララギ」を率いる。伊藤左千夫に師事。斎藤茂太、北杜夫の父。

赤茄子《あかなす》の腐れてゐたるところより幾程《いくほど》もなき歩みなりけり　『赤光』
のど赤き玄鳥《つばくらめ》ふたつ屋梁《はり》にゐて足乳根《たらちね》の母は死にたまふなり　『赤光』
あかあかと一本《いっぽん》の道とほりたりたまきはる我が命なりけり　『あらたま』
最上川逆白波《さかしらなみ》のたつまでにふぶくゆふべとなりにけるかも　『白き山』
暁《あかつき》の薄明《はくめい》に死をおもふことあり除外例なき死といへるもの　『つきかげ』

あまりにも有名な歌人で、写実をめざした「アララギ」のリーダーです。なかでも大正二年に刊行された第一歌集『赤光』と、戦後昭和二四年刊行の『白き山』がとくに愛唱されています。

「赤茄子」とはトマトのこと。こうした言葉からも時代を感じることができます。「足乳根」は「母」にかかる枕詞《まくらことば》です。現在でもときどき枕詞が使われることはあります。古い言葉であっても、巧みに使われると古い感じがしません。

「逆白波」は山形県の方言で、下流から風が吹いてきて立った波のこと。もともとは「白逆波」だったそうですが、それを借りて茂吉が造語したと言われています。

写実というと、ありのまま、そのままに表現する、という印象がありますが、風景のなかで何を歌うか、材料の選択の段階で作者の意志がはたらきます。やはり短歌的な情景を選んでいるので、抒情性があります。その抒情性が短歌の特色だといってもいいと思います。

しかし最後の歌、これは晩年、もう最後のころの歌です。

「死」というものが間近に迫って、寝床で考えるのは「死」のこと。じっくり死と向き合っていると「死は誰にでも来る。除外例というものがない、どんなに偉い皇帝でも、権力のある武将でも」、そんなことを考えついたのでしょう。

もちろん、自分にも来る、というのがこの歌でもっとも言いたいことです。

そして達観したのでしょうか。達観したかどうかはわかりませんが、ここには抒情の入る余地のないほど厳しいものです。あえて分類すれば哲学的な歌、ということになるでしょうか。

◆北原白秋《きたはらはくしゅう》

一八八五年（明治一八年）〜一九四二年（昭和一七年）。福岡県生まれ。「パンの会」を結成して、耽美主義運動を展開する。

あまりりす息もふかげに燃ゆるときふと唇《くちびる》はさしあてしかな 『桐の花』

大きなる手があらはれて昼深し上から卵をつかみけるかも 『雲母集』

網の目に閻浮檀金《えんぶだごん》の仏ゐて光りかがやく秋の夕ぐれ 『雲母集』

行く水の目にとどまらぬ青水沫鶺鴒《あをみなわせきれい》の尾は触れにたりけり 『渓流唱』

ニコライ堂この夜《よ》揺りかへり鳴る鐘の大きあり小さきあり小さきあり大きあり 『黒檜』

福岡県柳川《やながわ》の出身です。古くからの商家の長男として大事に育てられ、柳川の異国的な文化が作品に色濃く反映しています。

耽美派《たんび》とよばれていますが、エキゾチックな詩集『邪宗門』ほか、詩や童謡などでも優れた作品を残しています。茂吉や釈迢空とも違った、天才詩人の名をほしいままにし、何人かの女性たちとのかかわりから、新しい詩の世界を築き上げたといってもいいでしょう。※

一首目、何ともロマンチック。「あまりりす」という花もこの時代では新しかったでしょう、大輪の花は女性のイメージでしょう。

「閻浮檀金」とは仏のたくさんいる所です。秋の、美しい夕暮の世界を、仏の世界・極楽のようだと感じたのでしょうか。

美しい風景ですが、美しいものをさらに美しく表現するところから、耽美的といわれたのでしょう。

四首目はたいへん写実的です。やはり年を重ねるにつれて落ちついた表現になってきています。しかし「青水沫」、「鶺鴒の尾」など自然の美しさをとらえているところ、さすがです。

五首目、晩年、白秋は目を悪くしていました。目が悪くなると当然のことながら耳が聡《さと》くなります。クリスマスイブにニコライ堂（東京・お茶の水）の鐘を聴いている。そしてその鐘が大きく鳴ったり、小さく鳴ったりする、というただそれだけなのですが、何とも言えない哀感《あいかん》というか、静かな境地を感じます。それまでの耽美的な歌とは違いますが、行き着いた静謐《せいひつ》、達観ともいえるようなものを感じます。
一人の歌人の一生を見ていくと、ずいぶん変遷《へんせん》があるのがわかります。これは大事なことです。つまり歌は、作者がそのまま出てしまうものだということにならないでしょうか。

※釈　迢空（しゃくちょうくう）釈迢空は筆名で、本名は折口信夫。一八八七年（明治二〇年）～一九五三年（昭和二八年）。大阪生まれ。歌人。民俗学者、国文学者でもある。小説に『死者の書』。歌集に『海やまのあひだ』など。

◆若山牧水《わかやまぼくすい》

一八八五年（明治一八年）～一九二八年（昭和三年）。宮崎県生まれ。尾上柴舟に師事する。生涯、旅と酒を愛した自然主義歌人。

白鳥《しらとり》は哀《かな》しからずや空の青海のあをにも染まずただよふ　『海の声』

けふもまたこころの鉦《かね》をうち鳴《なら》しうち鳴《なら》しつつあくがれて行く　『海の声』

幾山河越えさり行かば寂しさの終《は》てなむ国ぞ今日《けふ》も旅ゆく　『海の声』

白玉《しらたま》の歯にしみとほる秋の夜の酒はしづかに飲むべかりけれ　『路上』

かんがへて飲みはじめたる一合の二合の酒の夏のゆふぐれ　『死か芸術か』

第一歌集『別離』が注目され、同じ時期に歌集『収穫』を出した前田夕暮とともに、自然主義的歌風が評価され、旅と酒を愛した歌人として親しまれてきました。

夫人の若山喜志子も女流歌人として活躍、落ちついた人生の深さを感じさせる、どちらかというと男性的な力強い作品を残しています。

どの歌も解説する必要はないでしょう。誰でも知っているような作品ばかりです。「白鳥」の歌はあまりに有名ですが、有名になってしまうと、かえって案外じっくり鑑賞せずにわかったような気になってしまうものです。じっくり味わってみると、たいへん意味の深いことがわかります。

「白鳥」は何かの比喩と思います。自分のことだったり、あるいは友人でもいいです。あるいは「人間というものは」でもいいでしょう。どのように解釈しても芯《しん》に響いてくるものがあります。

三首目までは、何となく哀感がただよいます。心の中から自然に湧《わ》いて出てきたような歌ですから、読者もまた、あまり理屈を考えないで受け取ることができます。調べもなめらかで、たやすく覚えてしまいます。愛唱しやすいことが親しまれてきた所以《ゆえん》でしょう。

四首目になると少し色合いが違ってきます。いってみれば、苦みが加わったといってもいいでしょうか。

さらに五首目、あまり飲みすぎてはいけないと、妻にも言われ、自分もそう思ったのでしょう、このへんでやめようと思いながら杯を重ねていくところです。日常の、どこにでもいる中年男性のような気がしませんか。人生の終わりに近づいて、たいへん日常的になってきているのがわかります。

◆窪田空穂《くぼたうつぼ》

一八七七年（明治一〇年）～一九六七年（昭和四二年）。歌人、国文学者。長野県生まれ。与謝野鉄幹に注目され、「明星」で活躍した。著書に『新釈伊勢物語』『新古今和歌集評釈』など。

夏に見る大天地《おほあめつち》はあをき壺われはこぼれて閃く雫　『まひる野』

つばくらめ飛ぶかとみれば消え去りて空あをあをとはるかなるかな　『濁れる川』

三界の首枷といふ子を持ちて心定まれりわが首枷よ　『冬日ざし』

命一つ身にとどまりて天地《あめつち》のひろくさびしき中にし息す　『丘陵地』

桜花ひとときに散るありさまを見てゐるごときおもひといはむ　『清明の節』

窪田空穂は、松本市から上高地のほうへ向かったあたりで生まれました。そういうことからでしょうか、自然や山の歌も多いですし、空を詠った作品もたくさんあります。『まひる野』は最初の歌集です。何となく若々しい雰囲気があるかと思います。

二首目は同じように空を詠っていますが、少し人生を重ねたような重さが加わっているのではないでしょうか。初夏ですからもちろん爽やかではありますが、「はるかなるかな」という結句には思いが込められているように思います。

三首目は子供を持った喜びというよりは責任感、重圧を感じているようにも思えます。離婚などの経験もあり、家族親子というものも単純ではないということを実感している感慨でしょうか。

四首目はとてもスケールの大きい作品です。天地の中に命を持った身として存在している自分。自然の中で人間と言うもの、自分と言うものがどういうものなのかと考える。哲学的な歌です。最後の歌は晩年近く、花の散る情景を若い時とは違う目で感じ取っているのでしょう。

大らかな歌い方、小手先の技術を使わない豊かさがあります。また大勢のお弟子さんも育て、空穂系といわれる歌人がたくさん活躍しています。

◆与謝野晶子《よさのあきこ》

一八七八年（明治一一年）～一九四二年（昭和一七年）。大阪府生まれ。浪漫主義を代表する歌人。『源氏物語』の現代語訳でも知られる。

清水《きよみず》へ祇園《ぎをん》をよぎる桜月夜こよひ逢ふひとみなうつくしき　『みだれ髪』

やは肌のあつき血汐に触れも見でさびしからずや道を説く君　『みだれ髪』

下京《しもぎやう》や紅屋《べにや》が門《かど》をくぐりたる男かはゆし春の夜の月　『みだれ髪』

くろ髪の千すぢの髪のみだれ髪かつおもひみだれおもひみだるる　『みだれ髪』

春みじかし何に不滅の命ぞとちからある乳《ち》を手にさぐらせぬ　『みだれ髪』

大阪府堺市の出身。堺というところは昔から商業の町、進歩的な都市です。そういった風土をとてもよくあらわしています。晶子は自分の意志で運命を切り開いていくバイタリティーを持っていました。同時期に活躍した山川登美子が福井県小浜の武家の出身で、控え目な性格だったのと対照的です。

※与謝野鉄幹と結婚し、歌集『みだれ髪』で一世を風靡《ふうび》します。大胆に性の歌を詠み、若い女性の瑞々《みずみず》しさをあますところなく表現し、既成概念から抜けられない保守派からは非

難をあびるほどでした。いつの時代でも先頭をいく人は楽ではありません。

晶子の歌は、『源氏物語』で培《つちか》った教養に根ざし、優雅で気品があります。

一首目は京都の夜桜の風景がみごとに描き出されています。清水・祇園、桜・月夜、あまりに美しいものをもってくるとかえって歌になりにくいのですが、下の句の展開は平明でいて的を射ています。

二首目や五首目の歌が保守派の顰蹙《ひんしゅく》をかうところなのでしょう。でも、晶子はすこしも怯《ひる》みません。あくまで大胆です。

三首目。「男かはゆし」と言っても、今ならなんということもありません。中年男性をつかまえて女子高生が「かわいい！」なんて言うんですから。でも、明治の男尊女卑の時代のことだと思えば、やはり思い切った表現です。

また、行きすぎるといやみになるナルシシズムでも、若い女性にとっては魅力になることもあります。あくまで行きすぎない、という条件つきですが。

「黒髪」は女性の美の象徴です。その象徴を巧みに扱っています。黒髪は古代からさまざまな形で詠まれてきました。同じ素材でもその時代の表現はあるのです。

性の表現も今ではもっと大胆でストレートになってきています。しかし、あくまで自分の感性、自分の言葉で表現しなければなりません。言葉だけが先に走っていくような作品では意味がありません。自分の中から自ずから表現欲の湧きあがったもの、必然のある作品を作ってください。

※よさのてっかん　本名は寛。一八七三年（明治六年）～一九三五年（昭和一〇年）。京都府生まれ。短歌革新運動を興し、「明星」を創刊。代表作に『東西南北』『相聞』。

◆石川啄木《いしかわたくぼく》

一八八六年（明治一九年）～一九一二年（大正元年）。岩手県生まれ。与謝野鉄幹の知遇から「明星」で歌人として出発し、後には社会主義の色を濃くする。

東海の小島の磯の白砂に
われ泣きぬれて
蟹とたはむる
『一握の砂』

はたらけど
はたらけど猶《なほ》わが生活《くらし》楽にならざり
ぢつと手を見る
『一握の砂』

ふるさとの訛《なまり》なつかし
停車場の人ごみの中に
そを聴きにゆく
『一握の砂』

呼吸《いき》すれば、
胸の中《うち》にて鳴る音《おと》あり。
凩《こがらし》よりもさびしきその音《おと》！
『悲しき玩具』

百姓《ひやくせう》の多くは酒をやめしといふ。
もつと困らば、
何をやめるらむ。
『悲しき玩具』

早熟で天才といわれる啄木は、二七歳の若さで亡くなりました。青年の野望が挫《くじ》かれ、失望のうちに亡くなったことで、まるごと青春を歌いとったともいえます。
ロマンチシズムから自然主義へ、そして最後は社会性を獲得していくのですが、その変遷《へんせん》は短い人生を全速力で走ったような変化でした。青春の傷みが、今でも若い人たちの共感を呼んで、啄木の歌が短歌を作るきっかけになったという人は多いようです。

三行書きが特徴になっています。単純な定型意識ではなかったことがわかります。現在では句読点や記号（！や？）などを使うことは珍しくなくなりましたが、当時はたいへん新しかったし、思い切った表現であったと思われます。

「ふるさとの訛り……」の歌は、現在では日本中どこでも標準語で、都市と地方の差が縮まっていますが、少し前までは訛りで同郷の人がすぐ見分けられました。故郷という意識は今よりもっと強かったのでしょう。「呼吸すれば」などは、なにか切ないような感じがします。

また、最後の「百姓の多くは……」に至っては、社会主義の影響を感じます。寺に生まれ、長男として大事に育てられた啄木は、傲慢《ごうまん》な子どもでした。その後の生活の変化が、考え方、感じ方の変化となってあらわれている一つです。

◆岡本《おかもと》かの子

一八八九年（明治二二年）〜一九三九年（昭和一四年）。東京生まれ。小説に『母子叙情』『生々流転』などがある。

かの子かの子はや泣きやめて淋しげに添ひ臥《ふ》す雛《ひな》に子守歌せよ
『愛のなやみ』

桜ばないのち一ぱいに咲くからに生命《いのち》をかけてわが眺めたり
『浴身』

ほろほろと桜ちれども玉葱《たまねぎ》はむっつりとしてもの言はずけり
『浴身』

鶏頭《けいとう》はあまりに赤しよわが狂ふきざしにもあるかあまりに赤しよ
『浴身』

さびしくてわがかひ撫《な》づるけだものの犬のあたまはほのあたたかし
『わが最終歌集』

『万葉集』や『源氏物語』を幼いころから読んでいて、古典の教養を持っていました。ですから歌も早くから作っていたようですが、やはり与謝野晶子の※『みだれ髪』に影響されたこともあるのでしょう、「明星」に入ります。しかし、実際には岡本一平と結婚してからが本格的な作歌に取り組むことになります。

一平は漫画家でしたが、少々変わった人だったようで、結婚生活も幼い子ども太郎（後の、画家岡本太郎）を抱えて楽しいとはいえないものだったのです。次に生まれた子どもの死や自身の若い男性への恋、かの子自身も奔放《ほんぽう》でした。純真で正直だったゆえに悩むこともあったのです。一時は精神的な病気にもなったりしました。

その作品は赤裸々《せきらら》なものでしたが、文学として優れたものであることを、同じ芸術家である夫は理解しました。若い男性との同居を認めたとか、太郎の父親が本当は誰か、などという噂もあったようですが、この芸術家同士はそんなことはなんでもないほどエネルギーに満ちあふれていました。かの子の奔放さは、理解のできない人には辟易《へきえき》したものでしたが、誰にも及びもつかない天才だったということも言えるでしょう。

「かの子かの子」の歌などは自己愛がかなり表面に出ていて、なじめないという人もいますが、そこがかの子の魅力なのですからしかたがありません。

桜の歌がことに有名です。桜の妖《なまめか》しさと命、かの子のテーマとしてふさわしい、華麗《かれい》で妖しく力強い作品です。

※おかもといっぺい　画家・漫画家。一八八六年（明治一九年）～一九四八年（昭和二三年）。北海道生まれ。朝日新聞社に入社し、戯画扱いだった漫画を現代漫画の域にまで高めた。

◆土屋文明《つちやぶんめい》

一八九〇年（明治二三年）～一九九〇年（平成二年）。群馬県生まれ。茂吉のあとを継いで「アララギ」を率いる。万葉集の研究でも知られる。

小工場に酸素熔接のひらめき立ち砂町四十町《しじつちやう》夜ならむとす　『山谷集』

ただの野も列車止《と》まればば人間《にんげん》あり人間あれば必ず食ふ物を売る　『韮菁集』

春の日に白鬚《しらひげ》光る流氓一人《りうばうひとり》柳の花を前にしやがんでゐる　『山下水』

にんじんは明日蒔けばよし帰らむよ東一華《あづまいちげ》の花も閉ざしぬ　『山下水』

終りなき時に入らむに束の間の後前《あとさき》ありや有りてかなしむ　『青南後集』

啄木は明治一八年生まれ、二七歳で亡くなりました。文明は二四年の生まれで、百歳まで元気でした。貧乏という共通点を除けば対照的な二人です。もっとも、この時代は誰でも貧しかったといってもいいかもしれませんが。

伊藤左千夫門下で、「アララギ」で活躍、後《のち》に引き継いでリーダーになっています。現在活躍中のアララギ系歌人はすべて文明の影響を受けたといっても過言ではないでしょう。アララギの主張する写実というと、風景や自然をテーマにしたもののように思ってしまいますが、文明の目指したものは生活でした。「生活即短歌」つまり、生活そのものを歌うことを主張したのです。ですから、フィクションや架空のものの入る余地はありませんでした。「小工場」「酸素熔接」などという素材はかつてないものでした。花鳥風月とは正反対です。金銭、貧乏などというものも歌の素材にしました。

三首目の「流氓一人」とは、行くあてのない流浪の民のことですが、おそらく自分自身のことを客観視しているのです。

四首目の東一華は北関東に多い花です。都忘れのような花ですが白く、夕方になると花びらを閉じます。夕方になったから今日の仕事はここまでにしよう、という歌の意味ですが、夕方になったというのを花であらわしているのです。

五首目、晩年の歌。夫婦であっても死の時はなかなか一緒にというわけにはいきません。前後するのです。どちらかが先に逝く、ということを悲しんでいるのですが、事実は三歳年上の妻のほうが先に亡くなっています。死、ということもストレートに言わず、「終わりなき時」と言っていますし、「妻」という言葉も出てきません。この省略も短歌の特徴といってもいいでしょう。

◆佐藤佐太郎《さとうさたろう》

一九〇九年（明治四二年）〜一九八七年（昭和六二年）。宮城県生まれ。「歩道」を主宰。代表歌集に『星宿』『帰潮』などがある。

暮方《くれがた》にわが歩み来《こ》しかたはらは押し合ひざまに蓮《はす》しげりたり　『歩道』

電車にて酒店加六《しゆてんかろく》に行きしかどそれより後は泥のごとしも　『歩道』

冬山の青岸渡寺《せいがんとじ》の庭にいでて風にかたむく那智《なち》の滝みゆ　『形影』

蛇崩《じやくづれ》の道の桜はさきそめてけふ往路より帰路花多し　『天眼』

篁《たかむら》のうちに音なく動く葉のありて風道の見ゆるしづけさ　『黄月』

「アララギ」に入会、アララギの新時代を開いた一人です。写実を忠実に押し進めていますが、その観察眼の鋭さは追従を許さないところです。現代の都市生活者の知性を持ち、主観を排した透《す》き通るような歌境を展開しています。鋭く、冷たく、そして意志を持っているところなどは現代短歌の要素といっていいでしょう。

たとえば、一首目の写実は緻密《ちみつ》で、細密画を見ているようです。

二首目の「酒店加六」という店の名前、固有名詞を非常にうまく使っています。また、酔った状態、つまり泥酔ですが、「泥のようだ」というところなども新鮮でした。今ではまねをする人がいて新鮮さはうすれましたが。

青岸渡寺は和歌山県にある那智熊野神社の隣りにある寺です。そこから那智の滝がよく見え、境内にはこの歌の歌碑が建っています。那智の滝が強い風に吹かれている状態を「風にかたむく」と言っています。こうした把握《はあく》は、目の前に出されるとたいしたことがないように思えるかもしれませんが、実際にはなかなかできないものです。

四首目、言っていることは単純です。出かけるときはそれほど咲いていなかった桜が、帰ってくるころにはたくさん咲いていた、というだけです。しかし、こういうところを見落とさないということ、出かけるとき、あっ、三分咲きだなと思う、でも、そこでは歌にならない。帰ってきて、朝と比較するときに違いがわかる。朝と比較、去年と比較、隣りと比較、何かと比較することで違いがわかるのです。違い、差異ということは、ある一つのことを的確につかまえる方法の一つです。

最後の歌は静かな気持ちでいないと摑《つか》めない情景かもしれません。葉が動くことで本来見えない風というものが見える。見えないものを歌うのも写実の一つです。

◆齋藤《さいとう》 史《ふみ》

一九〇九年（明治四二年）～二〇〇二年（平成一四年）。東京生まれ。『渉りかゆかむ』で読売文学賞受賞。女性歌人で初の芸術院会員となる。

白い手紙がとどいて明日は春となるうすいがらすも磨いて待たう　『魚歌』

銃座崩れことをはりゆく物音も闇の奥がに探りて聞けり　『魚歌』

白きうさぎ雪の山より出でて来て殺されたれば眼《め》を開き居り　『うたのゆくへ』

死の側《がわ》より照《てら》明せばことにかがやきてひたくれなゐの生《せい》ならずやも　『ひたくれなゐ』

疲労つもりて引き出ししヘルペスなりといふ八十年いきれば　そりやぁあなた　『秋天瑠璃』

軍人の娘として生まれました。同じ軍人の子弟であった幼なじみが二・二六※事件に関係して、処刑されてしまいます。そのことから受けた衝撃を一生引きずっているのです。

初期の詠法はモダニズムの影響を受けています。

たとえば、二首目がそうですが、その処刑に関する歌は写実ではなく、具体的に言っていませんので軍からの圧力を免《まぬが》れたようです。そのことから中央には出ない、という決心をし、東京の出身ですが、疎開先の長野に永住を決めています。

三首目もたいへん有名になった歌です。山に棲《す》んでいるうさぎが、殺されて、そこに横たわっている、目をかっと見開いているというのです。これは写実のようですが、殺されたこと、理不尽に殺されたことにたいする抗議、というように解釈されています。理不尽に殺された、そう解釈されるのは、先の二・二六事件のことがあるからです。ストレートに言うわけではありませんが、やはり作者の立っている位置、立場というものがわかると思います。

後年、病気の夫と高齢の母をかかえてたいへんな時期を迎えます。高齢になるということは、命の灯が微《かす》かになるということでしょう。しかし、どんなに微かになったとしても、死の側からみると、生きているということは紅《くれない》なんだ、というのです。

高齢でも病気でも、生というものは赤く輝いているととらえるのは、身近にそういう人たちを見ているからです。
最後の歌は母や夫を見送ってからの歌ですが、ヘルペスになって医者から疲労が積もったのでしょうと言われたのです。後半の日常語、お喋りのような言い方がこの歌の魅力です。しかし、かんたんにみえて、この日常語はなかなか使えるものではありません。下手に使うと俗っぽくなってしまいます。

※日本陸軍の青年将校が起こしたクーデター事件。昭和一一年二月二六日未明に決起部隊が首相官邸、警視庁などを襲い、高橋是清蔵相などを殺害し、永田町一帯を占拠した。東京には戒厳令が出され、二月二九日に天皇の命令で乱は鎮圧された。以後、軍の政治介入が強まった。

◆宮《みや》　柊二《しゅうじ》

一九一二年（大正元年）～一九八六年（昭和六一年）。新潟県生まれ。戦後短歌のリーダー。「コスモス」を創刊。歌集『多く夜の歌』（読売文学賞）『獨石馬』（迢空賞）など。芸術院賞受賞。

つき放《はなさ》れし貨車が夕光《ゆうかげ》に走りつつ寂しきまでにとどまらずけり　『群鶏』

おそらくは知らるるなけむ一兵《いっぺい》の生きの有様《ありさま》をまつぶさに遂《と》げむ　『山西省』

ひきよせて寄り添ふごとく刺《さ》ししかば声も立てなくくづをれて伏す　『山西省』

毎日の勤務《つとめ》のなかのをりふしに呆然とをるをわが秘密とす『日本挽歌』

さまざまに見る夢ありてそのひとつ馬の蹄を洗ひやりゐき『多く夜の歌』

宮柊二は戦後を代表する歌人です。戦争の痛みを全身に背負い込んだような感じです。中国の山西省というところで戦っていました。当時は反戦といっても声に出して言うことはなかなかできませんでした。柊二がした抵抗はいつまでも最下位の兵隊でいることだけでした。最下位ですから、常にいちばん命の危険に曝《さら》されることになります。

二首目、三首目が戦争詠です。大将は戦死したらそのときの情況などが語り種《ぐさ》になるでしょうが、二等兵が死んでも誰にも知られず、忘れられていくでしょう。それでも、死んでいく本人は毅然と死んでやろう、という覚悟なのです。

また、前線で敵に遭遇したら、やるかやられるか、自分が死ぬか相手が死ぬか、これは戦争なのです。殺さなければ殺されてしまいます。こうして柊二は人を殺してしまったわけですが、そのことは一生忘れることはできなかったのです。

こうした歌を発表するには、たとえ戦争なんだからという言い訳をしたとしても、なかなか勇気がいることです。表現をするということは、時として自分が傷つくことさえあります。もっと厳しくなれば、他人を傷つけてしまうこともあるかもしれません。その覚悟が必要だということでしょう。

一首目は戦後の寂しさといってもいいかもしれません。どこまでも静かに走りつづける貨車。貨車もこのころはしばしば歌われた素材です。

最後の歌はしばらく経ってからの歌です。戦争が終わってだいぶたつのに、まだそのころの夢を見る。それは馬の蹄《ひづめ》を洗ってやっている夢。柊二は軍隊で馬の世話をする係だったのです。

当時は人間より馬のほうが大事に扱われました。つらかった二等兵時代の夢を何年たっても見てしまう、切ない歌です。

◆近藤芳美《こんどうよしみ》

一九一三年（大正二年）〜二〇〇六年（平成一八年）。朝鮮生まれ。「未来」創刊。歌集『黒豹』『祈念に』『営為』。評論『土屋文明』など。

手を垂れてキスを待ち居し表情の幼きを恋ひ別れ来りぬ　『早春歌』

漠然と恐怖の彼方にあるものを或いは素直に未来とも言ふ　『埃吹く街』

生き死にの事を互に知れる時或ものは技術を捨てて党にあり　『埃吹く街』

何につながる吾がいとなみか読まざれば唯《ただ》不安にてマルクスを読む　『静かなる意志』

またひとり砂の崩るるひそけさに死はありわかち合いし「戦後」を『黒豹』

近藤芳美も、柊二、次に紹介する加藤克巳らとともに、戦後を代表する、象徴する歌人です。「アララギ」で培《つちか》った短歌が、戦後になって瑞々《みずみず》しい花となって開いた、そんな感じです。

一首目などは今ではそれほど珍しくはないでしょうが、「キス」などという言葉が自然に入っていて、これも一つの青春歌といっていいでしょう。こうした相聞もたくさんありますが、やはり、芳美といえば、その社会性が際立《きわだ》っています。

戦後の荒廃のなかにあって、いかなる未来を目指せばいいか、現実との狭間《はざま》で戦う若きエリート。文学が時代を色濃く背負っていた時代の旗手といえましょう。プロレタリアのように主義を前面に押し出すのではなく、生活の中からの矛盾や違和をとりあげたために、主張だけが先走りするようなことはなかったのです。

そのうえ、若い妻との個人の生活が描かれているので、歌の世界に柔軟性がありました。そのあたりが当時の人気を得た理由でしょう。「アララギ」を辞めて興した結社が「未来」です。時代を象徴しているとは思いませんか。

三首目のように、芳美は技術者です、その仲間には技術より主義を選んだ人もいたわけです。選ばせる時代だったのです。それに対して自分はどうなのか、と問いかけているようです。
四首目も、ただ日常に流されてしまうことが不安でマルクス※などを読んでいる、自分の生き方と日本がどうあるべきかということが一緒に考えられています。スローガンだけが先行しないところが、土屋文明の影響下にあった作者だと思うのです。生活を離れて歌うべきところはないのです。

※カール・マルクス。ドイツの経済学者、哲学者であり革命家。エンゲルスと共に科学的社会主義を唱える。著書に『資本論』。

◆加藤克巳《かとうかつみ》

一九一五年（大正四年）〜二〇一〇年（平成二二年）。京都府生まれ。「個性」創刊。伝統と革新の間で独自の世界を詠み表した。歌集『螺旋階段』『球体』。評論『意志と美』など。

石一つ叡智のごとくだまりたる雨のまっただ中にああ光るのみ
『エスプリの花』

にび色の秘密色の丘の象形文字原始たそがれ永遠未来
『宇宙塵』

濁流に杭一本が晩秋のあらき光をうけとめてゐる
『宇宙塵』

ボタンは一瞬いっさいの消滅へ、ボタンは人類の見事な無へ、──ああ丸い丸いちっちゃなポツ　『球体』

欠乏の美という樹　をするするよじのぼる猫の　胴体のびきる　『心庭晩夏』

加藤克巳も戦後を代表する歌人の一人ではありますが、その活動は早く、昭和十二年には第一歌集『螺旋《らせん》階段』を出しています。初期にモダニズムの影響も受けています。たいへんユニークな歌人で、生活の背景はあまり感じられません。むしろもっと大きな視点で社会全体をとらえています。だれもしなかったような破調の歌や抽象性のある歌を、独自の信念で作り続けます。

したがって、そこから生まれるものは哲学的であったり、抽象絵画のようであったり、また社会批判であったりするのです。

一首目、二首目などは哲学的です。石という無機質なものへ目を向けていくのも斬新でした。無機質なもの、永遠のときのなかに人間とは違う何かを見いだしていたのです。

三首目は写実といってもいいでしょう。克巳はモダニズムの影響を受けて抽象的だといいましたが、偏《かたよ》るのではなく、こうした写実的な歌もたくさん作っています。歌う対象によって文体も違ってくるのです。何ものにもこだわらず、素材によって自由な表現方法をしています。写実のよいところ、抽象のおもしろいところ、なんでも貪欲に吸収し自分のものにしています。

四首目は核戦争の歌です。ボタン戦争とも言われました。一つの小さなボタンを押すだけで戦争が始まります。互いに痛みを感じないまま開戦してしまう、けれども現実には人間が傷つく、そういう戦争です。誰がどこを攻めるかという域を越えて、核戦争は、人類を滅亡に追い込んでしまうのです。その恐さをこのように表現しています。従来の流派の、どこにもなかった歌い方です。

五首目も抽象です。絵画のようですが、歌としてはたいへん新しく、独自です。現在でもこういう歌い方をする人はいません。だれにもまねのできない歌です。

◆塚本邦雄《つかもとくにお》

一九二二年（大正一一年）～二〇〇五年（平成一七年）。滋賀県生まれ。前衛短歌の旗手として活躍する。短歌のほかに小説『紺青のわかれ』もある。

眼を洗ひいくたびか洗ひ視《み》る葦《あし》のもの想ふこともなき莖《くき》太き　『水葬物語』

五月祭の汗の青年　病むわれは火のごとき孤獨《こどく》もちてへだたる　『装飾樂句』

日本脱出したし　皇帝ペンギンも皇帝ペンギン飼育係りも　『日本人靈歌』

馬を洗はば馬のたましひ冱《さ》ゆるまで人戀《こ》はば人あやむるこころ　『感幻樂』

ほほゑみに肖《に》てはるかなれ霜月の火事のなかなるピアノ一臺《いちだい》　『感幻樂』

戦後ほどなく歌壇は一変します。塚本邦雄、岡井隆、中城ふみ子、寺山修司らの出現を見たからです。塚本邦雄は※前川佐美雄に師事し「日本歌人」に入ります。はじめの歌集『水葬物語』はあまりにも今までの短歌とは違っていたので歌壇で受け入れられなかったそうです。理解者がほとんどいなかったほど斬新だったのですが、しかし、一度若い世代に受け入れられてからは後の歌人に大きな影響を与えました。岡井隆や春日井建らとともに短歌前衛の時代を切り開いたからです。今ではその影響をまったく受けていないという歌人はいないくらいです。

いままでの短歌は良くも悪くもその歌人の現実の生活や生き方が色濃く反映していました。一人称の文学といわれ、「われ」という作者が中心になって語り出されたものなのです。ですから、その作者を知っているかどうかということは短歌を読むうえで大きな条件でした。しかし、塚本は個人の生活から離れて、文学としての現実をあらたに作り上げていったのです。前衛短歌、と呼んでいますが、それ以降は「われ」と作者はイコールではなくなったのです。

塚本が正面に据えたのが方法意識でした。詩の世界、詩的現実を作り上げていく意識といってもいいでしょうか。たんに目に見えるものを受けとめて受動的に歌うのとは違って能動的に作り上げていくのです。

さらに、そこにアイロニーや批判を含めていくことで、社会へ挑戦する姿勢を持っていました。

たとえば一首目。「人間は考える葦である」をベースにおいて、何も考えない葦、というものを引き出してきたのです。

三首目は戦後の社会への皮肉として解釈されることもあります。皇帝ペンギンにたとえられる人を考えていけばわかります。

二首目、当時、結核療養の人が多かったのですが、健康な若者に対して、隔たりを感じている、それも「火のような孤独」と言っていますから挑戦的です。全体を比喩として読んでいけばいいわけです。

比喩は必ずしも一つの解釈とはかぎりません。どういうことをたとえているのかということは読者が考えればいいので、読者の数だけ解釈があるといってもいいでしょう。読みは自由です。

※まえかわさみお　一九三〇年（明治三六年）～一九九〇年（平成二年）。奈良県生まれ。晩年は東京に移り住み、歌集『白木黒木』を出す。

◆岡井《おかい》 隆《たかし》

一九二八年（昭和三年）〜　愛知県生まれ。「アララギ」を経て「未来」創刊に加わる。塚本邦雄、寺山修司らと前衛短歌運動を興す。評論に『茂吉の歌』『正岡子規』など。

肺尖《はいせん》にひとつ昼顔の花燃ゆと告げんとしつつたわむ言葉は　『朝狩』

朝狩りにいまたつらしも　拠点いくつふかい朝から狩りいだすべく　『朝狩』

おびただしき無言のifにおびえては春寒の夜の過ぎむとすらむ　『眼底紀行』

歌はただ此の世の外の五位の声端的《たんてき》にいま結語を言へば　『鷺卵亭』

歳月はさぶしき乳《ちち》を頒《わか》てども復《ま》た春は来ぬ花をかかげて　『歳月の贈物』

岡井隆は、はじめ「アララギ」に所属していました。モダニズムの前川佐美雄の影響を受けた塚本邦雄とは正反対といってもいいと思うのですが、不思議なもので、同時代に生きているということはなにか呼応するものなのでしょう、ともに前衛運動を進めていきます。塚本の場合は完全に個人の情報を排除していますが、岡井の場合は底のほうにはそれが厳然と流れています。

たとえば、一首目の「肺尖に」は医者であるという背景があります。肺に昼顔の花が咲いている、つまり腫瘍があると患者に告げなければならないが躊躇した、という内容です。

医者であるということがわからないと、解釈はもう少し漠然と広がってしまうでしょう。

しかし、比喩というものはその通り、作者の思惑通り解釈しなければならないということもありません。もっと絵画的に解釈してもかまいません。作者もそのように作っています。岡井隆はひと口では言えないようなさまざまな顔を持っているようです。

ナイーブな相聞もありますし、社会批判を正面からとらえているものもあります。そうかと思うと、人生の深淵《しんえん》を思わせる作品もあり、子どもの歌も、ユーモアのある歌もあります。

一つの主義を押し立てたからといって、いつまでもそれにこだわっていません。時代が変わり、自分の生活が変わり、考え方が変わってくると、それにつれて文体や表現方法も変えてきています。

二首目の「いまたつらしも」のような古語も使いこなし、三首目の「if」というような表記もする。こうした柔軟性が後の若い世代に影響を与えています。さまざまな要素を持っている岡井のどこかを取り入れて、後進は自分の歌を作り上げているといえるのではないでしょうか。

◆中城《なかじょう》ふみ子

一九二二年（大正一一年）～一九五四年（昭和二九年）。北海道生まれ。青年との恋等、甘美な官能を詠う一方、冷酷なまでの自己凝視の描写が多い。

衿のサイズ十五吋《インチ》の咽喉仏《のどぼとけ》ある夜は近き夫の記憶よ　『乳房喪失』

音たかく夜空に花火うち開きわれは隈なく奪はれてゐる　『乳房喪失』

冬の皺《しわ》寄せゐる海よ今少し生きて己れの無惨を見むか　『乳房喪失』

失ひしわれの乳房に似し丘あり冬は枯れたる花が飾らむ　『乳房喪失』

灯を消してしのびやかに隣に来るものを快楽《けらく》の如くに今は狎《な》らしつ　『花の原型』

もう一つ、戦後の歌壇に旋風を巻き起こした流れがあります。「短歌研究」新人賞を受賞した中城ふみ子と寺山修司です。

中城ふみ子はその後すぐ乳癌《がん》で亡くなります。生前には『乳房喪失』一冊しか歌集はありません。当時は乳癌は治らない病気の一つでした。女性にとって乳房を失うということはたいへんなショックです。また、それを正面から歌った中城もセンセーショナルなかたちで世の中に迎え入れられたのです。

「短歌研究」新人賞は、新しい時代の短歌を見つけ出す意図があったのですから、中城のような新人を探していたのでした。中城の作品に影響を受けた寺山も翌年、受賞することになります。

中城の歌は、斬新で大胆で、そして挑戦的でした。少々オーバーな思わせぶりな表現が、従来の短歌観を持っている先人たちにはなかなか受け入れられなかったようです。受け入れられないというより、反発されたというほうが近いでしょうか。

歌われた世界はほとんどが事実です。乳癌のこと、夫との離婚、死を目前にしての心境、あるいは若い男性との恋。しかし、そのなかには微妙にフィクションが隠されています。夫が※アドルムを使っているという表現があるのですが、後に、夫はそんなことはないと言っているそうです。夫のイメージを際立たせるためのフィクションだったのです。

これ以降、自己劇化、あるいはポーズというものが一般化されたと思います。いままで「アララギ」の教えである、事実をありのままに歌う、という金縛りが解けたのです。

戦後、女性ばかりの雑誌「女人短歌」が創刊されます。釈迢空は、女性ののびのびとした特色が、写実主義によって思うように開花できなかったと言っています。戦後になって、女性たちが主張をはじめ、同時に、思い切った表現の新人が現れ、一気に女性の時代へ向かっていくことになります。

※睡眠薬の商品名。小量で死に至るため一九七三年に販売中止となる。

◆寺山修司《てらやましゅうじ》

歌人・俳人・劇作家。一九三五年（昭和一〇年）～一九八三年（昭和五八年）。青森県生まれ。劇団「天井桟敷」を主宰し、映画製作、エッセイなどでも活躍したマルチ文化人。

一粒の向日葵《ひまはり》の種まきしのみに荒野をわれの処女地と呼びき　『空には本』

莨火《たばこ》を床に踏み消して立ちあがるチエホフ祭の若き俳優　『空には本』

マッチ擦《す》るつかのま海に霧ふかし身捨つるほどの祖国はありや　『空には本』

大工町寺町米町仏町老母買ふ町あらずやつばめよ　『田園に死す』

売りにゆく柱時計がふいに鳴る横抱きにして枯野ゆくとき　『田園に死す』

寺山修司の「短歌研究」新人賞受賞作は「チエホフ祭」でした。いままでのようにどこかの結社に所属して主宰から推薦されてデビューするのではなく、はじめから自由で、組織にとらわれない出発でした。

中城より、もっとフィクション性のつよい虚構がもとになっています。モンタージュなどの技法も持っていました。俳句を取り入れてみたりして、俳句のまねではないかという批評もありましたが、それらの批判を跳ね返すだけのインパクトがあったのです。短歌にはもともと本歌取りという手法もあったので、それを発展させたものだという言い方もできたわけです。

虚構ですから、したがってここに現れている少年・青年像は自分ではなく、その時代を端的にあらわす象徴的青年像でした。ですから、時代感覚を随所に見ることができ、同世代の共感を得ることができたのでした。塚本、岡井の活躍時期と重なることは大きな意味があります。

この時代を境にして、短歌に登場する「われ」というものが作者自身から離れて、一つの表現主体となったことは、伝統的な短歌とはまったく違う時代がここからはじまったとみることができるのです。

寺山は少年時代から俳句を作るなど多才でした。ですから、やがて短歌をやめてしまいます。短歌で行なっていたフィクションを、もっと膨《ふく》らましていきたいということになると、必然的に演劇のほうへ近づくことになります。

四首目、五首目の『田園に死す』は、土俗的な匂いのある作品でした。間引きや恐山《おそれざん》の巫子《いたこ》など、東北の風俗が描かれています。これは映画にもなりました。

後に、また歌を作りたいと言っていたそうですが、早世してしまいましたのでかないませんでした。

◆馬場《ばば》あき子

一九二八年（昭和三年）〜東京生まれ。「かりん」主宰。古典評論に『鬼の研究』がある。歌集『葡萄唐草』『月華の節』『阿古父』など。芸術院会員。

母の齢《よわい》はるかに越えて結《ゆ》う髪や流離に向う朝のごときか　『飛花抄』

植えざれば耕さざれば生まざれば見つくすのみの命もつなり　『桜花伝承』

生《あ》るることなくて腐《く》えなん鴨卵《かりのこ》の無言の白のほの明りかも　『桜花伝承』

さくら花幾春かけて老いゆかん身に水流の音ひびくなり　『桜花伝承』

地下道をきらきらと行く長脛彦《ながすねひこ》うちほろぼしてやらむと思ふ　『阿古父』

出発は昭和三十年に刊行された歌集『早笛』で、社会情勢などを若い女性の目でとらえています。

しかし、本領を発揮するのは評論『鬼の研究』以後ではないでしょうか。伝統的な日本の「鬼」を、思想的な面から解き明かし、疎外されたもの、弱いものに目を向けていきました。そこには必然的に弱者である女性の本質を掘り下げる意識が働いています。

また馬場は、若いころから能を習っていました。その能を通して人間の影の部分を見る意識が、作歌のうえにも流れています。脈々と流れている日本の女性の歴史が自分の中に流れているという意識。

そうした中で、自身の人生を重ねます。母を早くに亡くしています、そして自らは子どもを持っていません。脈々と流れているものと、いまある現実と、そのへんのギャップを巧妙に表現しています。

一首目の「流離」。普通、女性は家にいます、つまり定住が基本です。しかし、母親がいないということはどことなく心許《こころもと》ない、流離、つまり放浪に出てしまう朝のような気持ち、ということです。母は死んだのではなくどこかへ行っているのかもしれない、それを探しに行く、そんな気持ちかもしれません。

それと同じように「命」を歌ったものも多いです。母の死、あるいは子どもがいないということで、「生まれる」ということに強く関心を持つものと思われます。

それと源は同じだと思うのが「老い」です。常識的にはとても老いとは思えない四十代くらいから老いを意識しています。これも個人の人生というより、古代から続いている命、という視点をもっていることとかかわりないとは言えないでしょう。

伝統的な和歌の豊かさを十分に生かした、たっぷりとした歌が特長です。

◆佐佐木幸綱《ささきゆきつな》

一九三八年（昭和一三年）〜　歌人、国文学者、東京生まれ。「心の花」主宰。歌集に『金色の獅子』『呑牛』など。日本芸術院会員。

サンド・バックに力はすべてたたきつけ疲れたり明日のために眠らん　『緑晶』

詩歌とは真夏の鏡、火の額を押し当てて立つ暮るる世界に　『夏の鏡』

父として幼き者は見上げ居りねがわくは金色《こんじき》の獅子とうつれよ　『金色の獅子』

真直ぐをこの世に選び昨日今日ぐんぐん春になる杉の芯　『天馬』

百字に満たぬ夕暮の生　一日に一度はともす電子辞書には　『はじめての雪』

明治の歌人佐佐木信綱の孫にあたります。祖父が万葉集の研究家でしたから古典を踏まえているのですが、初期の作品を読むとたいへん男性的な力強さを感じます。「男歌」と言われました。短歌は和歌の伝統を引いていますので、どこか優しい女性的な歌が多かったのですが、このあたりから男性的な力強い歌、花鳥風月ではないエネルギッシュな歌の傾向も見えてきました。

一首目はボクシングです。今までは少なくとも見る側であって、行動しているという歌は少なかったのです。『夏の鏡』の歌も文体は力強いですし、上の句の言い切りの強さは瞠目されたものです。

三首目は父としての視線になります。幼い子どもから力強い金色の獅子のように見られたいという願望です。立派な父、立派な男として子供から尊敬される存在でいたいということです。四首目、杉の穂の力強さ。命のエネルギーを詠っています。

最後の歌、「夕暮」とは前田夕暮のことでしょう。偉い歌人でしたが電子辞書にはたった百字でその一生が書かれてある。人の一生がたった百文字です。長く苦しい一生であっても文字にしてしまうと百字。この感慨は人生を重ねてきたことからのものでしょう。現在の短歌界のリーダーとして活躍しています。

◆河野裕子《かわのゆうこ》

一九四六年（昭和二一年）～二〇一〇年（平成二二年）。歌人。熊本県生まれ。夫永田和宏と共に「宮中歌会始」選者も務めた。歌集『はやりを』『紅』『季の栞』『母系』など。

逆立ちしておまへがおれを眺めてた　たった一度きりのあの夏のこと

『森のやうに獣のやうに』

われを呼ぶうら若きこゑよ喉ぼとけ桃の核ほどひかりてゐたる

『森のやうに獣のやうに』

君を打ち子を打ち灼けるごとき掌よざんざんばらんと髪とき眠る　『桜森』
遺すのは子らと歌のみ蜩のこゑひとすぢに夕日に鳴けり　『母系』
手をのべてあなたとあなたに触れたきに息が足りないこの世の息が　『蟬声』

たとえば短歌を始めるきっかけを聞いてみると、かつては啄木という人が多かった。少し近づくと中城ふみ子と答える人が多くなります。そして最近になってくると河野裕子の作品を好きになって短歌を始めたという若い人も出てきています。それほど現代短歌に影響を与えた歌人と言えましょう。最初の歌集『森のやうに獣のやうに』はたいへん瑞々しい若い女性の感性が余すところなく表現されて、歌壇に新しい風を吹き込みました。

その後永田和弘と結婚して二児をもうけます。こんどは若い母親としての日常を率直に、そして大胆に詠うことによってあたらしい母親像を作り上げていきます。

しかし五十代に入り、乳がんにかかってしまいました。そして十年にあまる闘病の後、二〇一〇年に六四歳の若さで亡くなってしまいました。遺すのは子供と歌だけと言っています。その言葉通り、子供二人は歌人となり、若い世代のリーダーの役を果たしています。歌は数々の賞を受けるなど高く評価されています。

五首目の歌は絶詠です。今際のきわに苦しい息の下から迸《ほとばし》りでた歌です。最後の最後まで歌人でありつづけた稀有の存在であったと思います。

◆おわりに

なかなか上達しないという声をしばしば聞くことがあります。たしかに短歌は目に見えて上達するというのはむずかしいかもしれません。一度くらい良い歌ができたからといって、常に良い歌ができるとはかぎらないし、十年作り続けたといっても新人より必ず良い歌ができるともかぎらないからです。

たとえば、ヨットで太平洋横断の旅に出るとします。はじめは出港した港がだんだん遠くなるのが見えますから、進んでいるのをはっきり自覚できます。しかし、太平洋の真ん中では、右も左も海ばかり。進んでいるのか、どっちへ向かっているのか、かいもく見当がつかないという日々がつづきます。それでもヨットは進んでいるのです。ただ方向だけまちがわないようにすればいいのです。

私たちはみな太平洋の真ん中にいるようなものです。歌を作りつづけているかぎり、たとえわずかでも必ず進んでいるのですから心配せずに、作りつづけてください。

歌には上達の近道はありません。一歩一歩歩みつづけるだけです。一歩でも、一首でも多く作ることが前進に繋がるのです。休まないこと、力まないこと、緩めないこと、諦めないこと、自分の呼吸で焦らず、楽しんで作ってください。

沖　ななも

本書は二〇〇一年、日東書院から出版された『優雅に楽しむ短歌』を大幅に加筆、改訂し新たに編集し直したものです。

沖《おき》　ななも

1945年、茨城県古河市に生まれる。1974年、「個性」入会、加藤克巳に師事。1994年、佐藤信弘と「詞法」創刊。2004年、「個性」終刊により「熾」を創刊、代表となる。

現代歌人協会常任理事、NHK友の会選者、朝日新聞埼玉版、埼玉新聞、茨城新聞短歌欄選者。「現代歌人協会賞」「埼玉文芸賞」「茨城歌人協会賞」受賞。よみうり文化センター大宮・恵比寿などカルチャーセンター多数。

歌集に『衣裳哲学』(不識書院)『機知の足首』(短歌新聞社)『木鼠浄土』(沖積舎)『ふたりごころ』(河出書房新社)『天の穴』(短歌新聞社)『沖ななも歌集』(砂子屋書房)『一粒』(砂子屋書房)『三つ栗』(角川書店)『木』(短歌新聞社)など。エッセイ集『樹木巡礼』(北冬舎)『神の木民の木』(NHK出版)、評論『森岡貞香の歌』(雁書館)

今からはじめる短歌入門

2011年11月1日　第1刷発行
2023年 5月10日　第4刷発行

著　者　沖 ななも
デザイン　梶原 浩介(ノアズブックス)
発行者　飯塚 行男
印刷・製本　シナノ・パブリッシングプレス

株式会社　飯塚書店
http://izbooks.co.jp
〒112-0002 東京都文京区小石川5-16-4
TEL03-3815-3805　FAX03-3815-3810
郵便振替00130-6-13014

ISBN978-4-7522-1038-2